ぼくとヨシュと水色の空

Jan und Josh

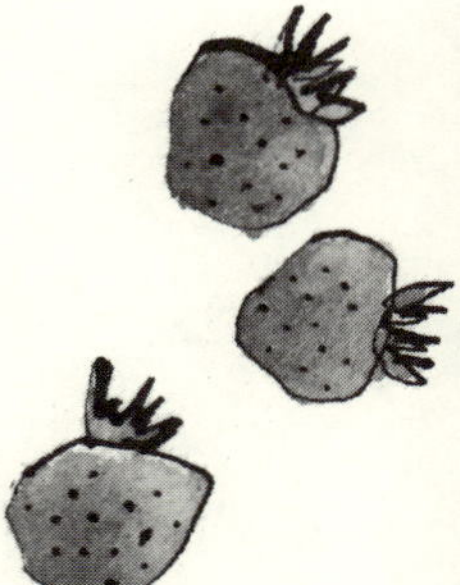

ジーグリット・ツェーフェルト 作
はたさわゆうこ 訳

謝辞

本書の執筆にあたり、

ユーリ・レヒテさん、アーティ・シェファー＝レヒテさん、

ヴォルフガング・エンゲルハルト博士、ドイツ小児心臓病協会、

アーヘン総合病院小児心臓病棟、エバハルト・G・ミューラー教授、

レーナ・バイヤーさん、ウルリヒ・ジーヴァースさんに

ご協力いただきました。感謝申しあげます。

【JAN UND JOSH】
by Sigrid Zeevaert
Originally published by Gerstenberg Verlag.

Published by arrangement with Meike Marx Literary Agency, Japan.

もくじ

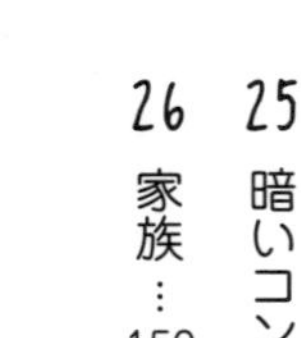

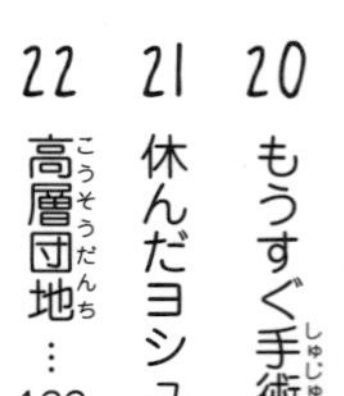

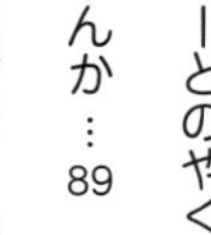
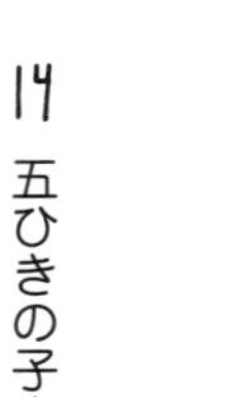

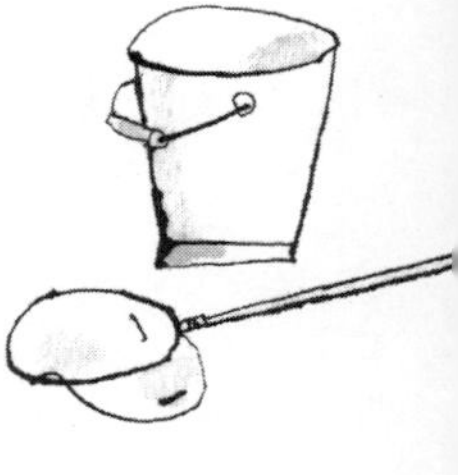

ぼくとヨシュと水色の空

1　よわむし

坂道をのぼっていると、ヤンの心臓《しんぞう》が、どきどきいいだした。せなかのかばんが重すぎるせいだ。ママがこんなところを見たら、またおこって、かたっぱしから中のものをとりだすだろう。

でも、どれもかばんにいれておきたいものばかりなのだ。『ギネス世界記録《きろく》』も、このごろむちゅうになっているタランチュラのことが書いてある本も。「アステリックス」（古代ローマを舞台にした、フランスの冒険マンガ。ドイツでも人気がある。）の最新巻《さいしんかん》や、コクマルガラスの骨《ほね》が入った缶《かん》や、小さな方《ほう》位《い》磁石《じしゃく》もだ。

ときどき、池でつかまえたイモリをいれたジャムのびんとか、川岸でパパといっしょにつんだミツガシワの葉っぱが入っていることだってある。

だから、ヤンのかばんは、しょっちゅうぱんぱんにふくらんでいる。

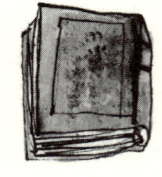

それでも、はあはあいいながら歩いているところを、ママに見つからなければ、どうってことはない。

ヤンは、ふと立ちどまった。そうだ、きょうは水曜日だ。いそがなくてもいいや。水曜日はママがいそがしい日。二時半ごろまで帰ってこない。

ヤンのママは午前中、大学の図書館ではたらいている。本のほこりをはらったり、新しくとどいた本にシールをはったりするのが仕事だ。

たまに、図書館でいらなくなったぼろぼろの本を、ヤンのために、もらってきてくれることもある。「リサイクルに出す本だけど、あなたの役に立ちそうだから」って。

ヤンの部屋の本棚《ほんだな》には、そうやってママが持って帰ってきた本が、もう何さつもならんでいる。

『動物分類学《ぶんるいがく》Ⅱ』、ダーウィンという生物学者が書いた『種《しゅ》の起源《きげん》』、地球がどうやってできたかが書いてある本。まだむずかしくて、よくわからないところもあるけれど、ときどきひっぱりだして読んでみる。

いつかぼくも本を書いてみたいな……。ヤンは、じぶんの本が図書館の棚《たな》にならんで、ママみたいな人がほこりをはらってくれるところを思いうかべた。

ヤンは、ゆっくり歩くのがすきだ。いそがなければ、まわりのものがよく見えて、いろいろなことに気がつく。

宇宙とか生きものとか、自然にすごく興味《きょうみ》がある。銀河系《ぎんがけい》、太陽系《たいようけい》、惑星《わくせい》や小惑星《しょうわくせい》、月、そして地球のことまで。もちろん、人間や動物や虫や花にも。ノートの表紙に「自然《しぜん》かんさつノート」と大きく書いて、自然《しぜん》のことならなんでも、気がついたことをそのノートに書きとめている。

坂道で、コガネムシが一ぴき死んでいた。ヤンはひろいあげて、すっかりかさかさにかわいているのをたしかめると、そっとポケットにしまった。

ママが、ほかの家族のことに手をやいているとき、ヤンはちょっぴりほっとする。たとえば、姉さんたちのことで。

上の姉さんのアメリーも、下の姉さんのパウリーナも、家族をいらいらさせてばかりだ。

ママは、毎朝かっかしている。ふたりとも、きょうはスカートにしようとか、ジーンズがいいけど、あうシャツがないとかいって、着ていく服がなかなか決まらないからだ。ジーンズにはなんだってあうのに、どうして大さわぎしなくちゃいけないのか、ヤンにはさっぱりわからない。

きっと、姉さんって、いるだけでうるさいものなんだ。

家の近くの池のそばまで来たとき、男の子がふたり、立っているのが見えた。アキとフィルだ。

ヤンはかばんの肩《かた》ひもをぎゅっとにぎって、さっさととおりすぎることにした。

ふたりは、街《まち》の反対がわに住んでいるけど、ときどき、ふらっとこのへんまでやってくる。

年上で、体もずっと大きいくせに、バスケットのじゃまをして、横どりしたボールをなかなかかえしてくれない。いきなりボールを川へほうりなげて、「ほら、とりにいけよ！」なんてひどいことをいったりする。

そのアキとフィルが、今、ほんの二メートルほど先に立っていた。足を大きくひらいて、こしに手をあて、いじめるのにちょうどいいやつが来るのを、まちかまえている。

「やあ」ヤンは小さくいって、ちらっとうしろをふりかえってみた。

クラスメートも先生も見あたらない。道ばたにとめてある車と標識《ひょうしき》が見えるほかは、犬をつれた女の人がいるだけ。女の人は、ヤンたちのことなんか、ぜんぜん気にしていない。

ヤンはおそるおそる、ふたりにわらいかけてみた。

でも、アキとフィルはにこりともしないで、こっちをにらんでいる。そして、ひじで合図しあうと、きゅうに近づいてきた。

ヤンは、あとずさりしながら、かばんの肩《かた》ひもをますますぎゅっとにぎりしめた。ひもは、ほんものの革《かわ》。パパが長いあいだ使っていたかばんを、ヤンがもらったのだ。

フィルは、ヤンのすぐそばまで来ると、上から見おろすようにしていった。

「『やあ』っていったな。なにがいいたいんだよ」

なにも思いつかない。でも、なにをいったって、きっとおなじなんだ。ヤンの心臓《しんぞう》は、さっきよりも、どきどきしてきた。口の中はからからにかわいている。

こんどは、アキが話しかけてきた。

「声が出なくなったのか？　おまえにきいてるんだぜ」

「わかってるけど……」また一歩うしろへ下がると、街灯《がいとう》の柱にぶつかった。ヤンは、かすれた声でいった。「なにがいいたいっていわれても、『やあ』はあいさつだから」

「おれたちを、ばかにしてんのか？」

フィルが、ヤンの肩《かた》をちょんとついた。

思いきりつきとばされたわけじゃない。それでも、ヤンはふらついて、街灯《がいとう》の横にひっくりかえりそうになった。アキがにやっとわらっていった。

「ありえねえ！　こいつ、ちょっと風がふいただけで、ふっとびそうだ」

ヤンは、なんとかふんばって、はあはあいいながら、ふたりにむきあった。

アキとフィルのあいだが、すこしだけあいてる！　いそいでそのすきまをとおりぬけようとしたしゅんかん、どちらかがさっと出した足につまずいて、気がつくと、ヤンはばったりところんでいた。

フィルの、いじのわるいわらい声がひびいた。かたいアスファルトに顔があたって、じんじんする。さっさと起きあがってかけだしたいのに、かばんが重くて、のろのろ立ちあがるのが、やっとだった。

「とおしてよ」ヤンはいった。

「とおれよ」とアキ。

1　よわむし

ヤンが一歩ふみだすと、アキが、すっとまえに立ちはだかった。

うで組みをして見ていたフィルがいった。

「道は、みーんなのもんだろ。立ってちゃいけない理由なんて、ねえよなあ?」

「ああ。立ってても、歩いてても、人の自由だもんな」アキがうなずきながらいった。

「まっすぐ歩けないやつは、寝《ね》そべってたっていいんだよなあ」フィルは上にむけてつばをはき、ぐいっとヤンのあごをつかんだ。「よわむし!」

それから、ふたりはさっさとどこかへ行ってしまった。

顔がずきずきいたむ。たぶん、すり傷《きず》に砂《すな》が入ったんだろう。でも、そんなのどうでもいい。

ひどくおなかがすいていた。もう、昼ごはんの時間だ。

ヤンは、まっすぐ家へむかって歩きだした。

2　なんでもない

ヤンの家は、住宅街《じゅうたくがい》からすこしはなれて、ぽつんと立っている。近くにあるのは牧草地《ぼくそうち》だけで、スクールバスをおりてから、しばらく道を歩かなくちゃいけない。雨がふっていても、嵐《あらし》の日でも。

晴れていると、よく柵《さく》をくぐって牧草地《ぼくそうち》に入り、何本かある大きなブナの木の下へ行く。そこで大の字に寝《ね》ころがって、風にゆれる葉っぱを見あげていると、葉のすきまから、太陽の光がちらちらさしこんでくる。

まぶしくてまばたきしているうちに、ヤンは、じぶんがどこにいるのか、わすれてしまう。ときどき雌牛《めうし》が柵《さく》の近くへ来て、すまし顔でぴちゃっとふんをすることも、気にならない。

きょうはアキたちが行ってしまってから、より道なんかせずに歩いてきたのに、家のまえには、車がとまっていた。もうママが帰ってきてる。

すぐにまた、心臓《しんぞう》がどきどきいいだした。ママになにもきかれませんように……。

「おかえり」

ドアをあけてくれたママの横を、ヤンはすっとおりぬけながら、「ただいま」とへんじをした。

足もとに、ネコのファニがすりよってくる。おかえりなさいのあいさつだ。まるまるとした体で、のっそりと動く。もうじき子ネコが生まれるのだ。

ヤンのうしろでママがきいた。

「なにかあった？　おそかったじゃない。また、ミミズに芸《げい》でもしこんでたの？」

これは、ママがいつもいうじょうだんだ。ヤンは、ちょっぴりほっとした。

「なんでもないよ」ヤンは小さくこたえると、二階にあるじぶんの部屋へ行って、かばんをおいた。

それから、昼ごはんを食べにいくまえに、ちょっと洗面所《せんめんじょ》の鏡《かがみ》をのぞいてみた。

ヤンは、ぎょっとした。右のほっぺたがまっ赤にはれている。顔じゅうに、どろでこすったようなあともついていた。

キッチンのテーブルにつくと、すぐにママがきいてきた。

「その顔、どうしたの？」

アメリーとパウリーナも、ヤンの顔をじっと見ている。

「だれかに、なぐられたの？」とママ。

「ううん、ちがう……でも、まあ、そうなんだけど。もう、すんだから」

ヤンは、テーブルのまん中にあるスパゲティのなべに手をのばした。いいんだ。大《だい》好物《こうぶつ》のスパゲティ・ミートソースがあるんだもの。

ヤンは、あれこれきかれるのが、きらいだった。みんなでぼくを、守ってあげなくちゃいけない弱い子だ、って目で見るんだから。

顔にどろがつくくらい、だれにだってあるじゃないか。ぼくだって、こんなの、どうってことない。

ヤンは、さっきあったことを話したくなかった。もう、わすれてしまうのがいちばんいいと思った。ママにも、あれこれしつこくきいたりしてほしくない。パパにも。

昼ごはんにはまにあったんだし、スパゲティはおいしいし、もう、なんでもないんだ。

アキとフィルはいばってるけど、ほんとうは、なにもできないおくびょうものだ。ぼくをなぐりもしなかった。まだ顔がひりひりするけど、あんなやつらなんか、それほどこわくない。

ほんとうにこわいものを、ヤンはよく知っている。

「ヤン」

ママの声がして、顔をあげると、目があってしまった。こんなときのママは、ちょっぴりにがてだ。じいっとこっちを見つめて、なにもいわない。

「なあに?」ヤンは、あわててスパゲティをおかわりした。

「いいの、なんでもないわ」

ママはそういうと、ヤンのはれたほっぺたを見てだまった。ぼくが心の中で、なにもきかないで、ってたのんでいるのが聞こえたのかな。

だって、今ママに、アキとフィルにいじめられたことを話して、そのうえ、あしたかあさってにも、おなじことがもういっぺんあったりしたら、きっともう、ひとりでは学校へ行かせてもらえなくなってしまう。ほかの子はひとりで行っているのに。

でも、そんなしんぱいは、いらなかった。ママも姉さんたちも、さっさと昼ごはんをすませて立ちあがったからだ。

みんな、することがあるらしい。たすかった！

ヤンが食べおわらないうちに、姉さんたちが電話をとりあって、けんかをはじめた。先にパウリーナがにぎった受話器《じゅわき》を、アメリーがひったくろうとしている。

「ちょっと、よこしなさいよ、パウリーナ！　こっちは、今すぐかけないと、たいへんなんだってば！」

まるで生きるか死ぬかの大問題って感じだ。

ヤンはそーっといすを立って、お皿を流し台へ持っていった。

「ぼく、ちょっと、ファニのようすを見てくる。もう、そろそろかもしれないから」

3　ネコのファニ

ヤンは、生まれてくるときからもう、家族のみんなをはらはらさせる子どもだった。

でも、それはヤンのせいじゃない。高速道路が混《こ》んでいて、ママを乗せた車がちっともまえに進まなくなるなんて、ヤンに、わかるはずがなかったのだから。パパはとうとう、警察《けいさつ》をよんだ。

病院に着くのが、あとすこしでもおくれていたら、ヤンは、フォルクスワーゲンの中で生まれていた。

そのときの写真が一枚《まい》もないのが、ざんねんでたまらない。青いランプをぴかぴかさせたパトカーが、パパの車のまえを走って、どんどん道をあけてくれたなんて、すごいことなのに。

写真があったら、大きくひきのばしてかべにかざって、友だちにもくばるのにな。

ほんとうに、ぎりぎりセーフだったらしい。そのことはちょっとしたニュースになって、新聞にまでのった。ヤンのアルバムには、ママが切りぬいた小さな記事がはってある。

「ファニ！」ヤンはネコの名まえをよびながら、階段《かいだん》をかけあがった。

まず、ろうかのはしにおかれた古いミシンの下をのぞきこむ。それから、その横にあるたんすのうらをたしかめて、ひきだしも一段《だん》ずつあけてみた。

さいきん、ファニはおかしなことをする。あちこちの棚《たな》やひきだしに入っては、シーツやヤンのソックスのあいだとか、とんでもないところにもぐりこんでいたりするのだ。

「子ネコを生むのにちょうどいい場所を、さがしているんじゃないかしら」と、ママはいっていた。

ふと見ると、アメリーの部屋のドアが、すこしあいたままだ。ヤンは、こっそり中をのぞいてみた。アメリーは、まだ下で長電話しているところだから、おこられるしんぱいはない。

「ファニ！」とよんで、耳をすましてみた。

でも、ベッドの上にも、アメリーのきちんとかたづいた机《つくえ》の上にも、ファニはいない。

こんどはパウリーナの部屋のドアをあけてみた。「ファニ！」

こっちは、みごとにちらかっていて、足のふみ場もない。

ジーンズ、T《ティー》シャツ、ブレスレット、えんぴつ、プリント。部屋じゅう、どこもかしこも、ものがちらばっている。

それからヤンは、じぶんの部屋へ入ろうとしてドアをあけ、足を止めた。ベッドの上に、気持ちよさそうにまるまっているファニを見つけたからだ。

ファニは、茶と白のぶちネコで、鼻に黒いほくろみたいなもようがある。

ファニの命をたすけたのは、ヤンだ。けがをして、ゴミバケツのそばで死にかけていたのを見つけ、連《つ》れて帰った。

元気になるまで、家族みんなでエサをやってめんどうを見て、あちこち聞いてまわり、飼《か》い主《ぬし》をさがした。ビラもはってみたけれど、捨《す》てネコだったのか、名のりでる人はいなかった。

それで、うちで飼《か》うことになったのだ。

ヤンは、そっとベッドに近づいて、ファニに顔をすりよせた。

「いい子だね、ファニ」

ふーっと息をふきかけて、なでてやる。ファニはちょっと頭を持ちあげると、まだねむいわ、という顔で、またまるくなった。

ヤンは、ファニのふくらんだおなかを、そっとさわってみた。あばら骨《ぼね》の下で、なにかが動いている。三びきか四ひき、ひょっとしたら五ひきの子ネコが、このおなかの中にいるんだ。こんな小さいところに、どうやってそんなにたくさん入っていられるんだろうと、見るたびにふしぎでたまらない。

ヤンは、ファニのとなりに寝《ね》ころがって、大きく深呼吸《しんこきゅう》した。

もうすぐ子ネコが見られるんだ。

4　川岸で

それから何日かは、なにごともなくすぎた。

ファニにもまだ、かわったようすはない。きょうも学校から帰ると、またヤンのベッドで寝《ね》ていて、のそのそと部屋を出ていった。

宿題をして、CD《シーディー》を聞いていると、電話が鳴った。ヤンは部屋をとびだし、階段《かいだん》をかけおりた。どうせパウリーナの友だちからだろうけど。よくかかってくるのは、ティーネやニーナや、アナテレージア。

アメリーにかもしれない。ときどき電話してくる男の子たちのだれか……。ヤンも、ぼんやりしているわけじゃない。だれが、いつ、何回アメリーにかけてきたのか、しっかりおぼえている。

「はい、リンデマンです」ヤンが出ると、受話器《じゅわき》のむこうから、ふーっと鼻息みたいな音がして、せきばらいが聞こえた。

「も、もしもし？　おれ、ヨシュだけど」

アメリー姉さんあての電話じゃなかった！

「やあ。いま、ひま？」ヤンはうれしくなって、いった。

「うん、だから電話したんだ」

ヨシュは話すときに、よくつっかえる。でも、きょうは調子がいいみたい。

「どこで会う？」とヤン。

「川にしないか。また、なにかいいものが見つかるかもしれない」

やっぱりヨシュはわかってるな。川はぼくらの大《だい》すきな場所だ。ヤンは「うん」といいながら、まどの外を見た。

牧草地《ぼくそうち》の上に広がる空は、灰色《はいいろ》だ。黒い雲が、風に流されている。

でも……きょうはママもお姉ちゃんたちも、雨が降《ふ》るなんていってなかったもの。天気予報《よほう》だって。

それに、ママは買いものに行っている。今なら出かけても、なにもいわれない。

ヤンは「じゃあ、二十分後」といって受話器《じゅわき》をおくと、すぐに、自転車のかぎとヘルメットを手にとった。川で見つけたものを入れるプラスチック製《せい》のボトルも。

「いってきます！」

家にだれもいないのはわかっていたけれど、ヤンは大きな声でいった。

アメリーは乗馬、パウリーナは親友のティーネのところだ。数学の試験勉強《しけんべんきょう》とかいっていた。パパはまだ会社で仕事中だ。

ヤンは出かけようとして、ちょっとまよってから、メモ用紙を一枚《まい》とって、書きこんだ。

「ママへ
ちょっと出かけてきます。すぐもどるから。　ヤン」

それから、「ママへ」を消した。さいしょに帰ってきてこのメモを見るのは、パウリーナかもしれないと思ったからだ。もしかしたら、アメリーかも。どっちにしても、よけいなしんぱいはしないでほしい。ぼくはもう、小さな子どもじゃないんだ。弱くなんかない。

自転車に乗り、ブナの木立のある牧草地《ぼくそうち》の横の道をとばしていると、強い風が顔にふきつけてきて、ジャンパーのせなかもぱあっとふくらんだ。風に負けまいと、力いっぱいペダルをこぐ。

ヨシュと川であそぶのは、たのしいに決まっている。ほかの子とあそぶのとは、ぜんぜんちがう。

ヨシュはちょっと太っているから、はやく走ったりはできないけれど、ヤンはちっとも気にならない。ヨシュはよく、はあはあ息を切らしながらよたよた歩いて、じぶんで「アヒルみたいだろ」という。

ヨシュはヤンの親友だ。

貯水池《ちょすいち》の角《かど》をまがったところで、ヤンは自転車をおりて、おしはじめた。そこからしばらく上り坂がつづく。そのかわり、帰りはらくちんだ。

空を見あげると、さいしょの雨《あま》つぶが、ぽつりと顔に落ちてきた。
ヤンは思った。川ではどっちみちぬれるんだ。それに、ヨコエビか、ラッド（ヨーロッパ産の小型の淡水魚。ヒレや目が赤いのが特徴。）か、もしかしたら、もっといいものだって、とれるかもしれないんだし。

坂の上に来ると、ヤンは、また自転車にまたがった。

あとすこし行けば、ゆるやかな土手を下って川岸へおりられる。

岸には、ブナやシラカバやヤナギの木がはえていて、もっと上流に行けば、ツリーハウスのできそこないがある。ずいぶんまえに、ヨシュといっしょに作りかけたものだ。つぎの日にはこわされて、下に太いこん棒《ぼう》がころがっていたから、完成《かんせい》させるのは、あきらめてしまった。

「おーい！」ヨシュがバケツをふって、ヤンをよんでいる。すくい網《あみ》も持っている。

「なんか、いいものあった？」ヤンはききながら、自転車をヤナギの林におしこんだ。

「あったあった。ばっちり！」ヨシュはにこにこしながら、ズボンのうしろのポケットをさぐり、ソフトキャンデーをさしだした。みごとに、ぺしゃんこになっている。

キャンデーをもらって、口にいれる。ヨシュのおしりがつぶしたんだってことは、考えないようにしよう。ヨシュがすわると、ポケットの中のものはぜんめつなんだ。

「それで、いいものって?」ヤンは、口をもぐもぐさせながら、目をかがやかせて川をながめた。

「橋のそば。さっき見つけたんだ。ヤンはぜったい気にいるよ」ヨシュは、とくいそうにいった。

それから、ヨシュは先に立って、川岸を、橋のほうへ歩きだした。ヤンより頭ひとつ大きくて、横はばも二倍はある。

まるで風よけみたいだな……と思いながら、ヤンは、ヨシュのすぐうしろをついていった。

水面を見ていると、ボトルを持つ手にも力が入る。なんとしても、えものをとって帰るぞ。

「あのへんだ!」

ヨシュがきゅうに立ちどまったので、ヤンは大きなせなかにぶつかりそうになった。

ヨシュはさっそく、すくい網《あみ》を持った手をけんめいにのばして、川の底《そこ》をさぐっている。

ヤンは、なにがいるか見ようとして、のびあがったり、かがんだりしてみた。でも、にごった水に黒っぽい雲がうつっていて、川底《かわぞこ》は見えない。

「橋の上からは、見えたんだけどなあ」というと、ヨシュは、くつも、くつ下もぬいで、ズボンのすそをまくりあげ、川の中へ入っていった。

ヤンは、いそいで橋の上へまわり、手すりにおなかをおしつけて、身を乗りだした。木の枝《えだ》がひくくたれさがっているあたりの水底《みなそこ》にも、目をこらしてみたけど、石や岩しか見えない。川のまん中へんに、朽《く》ちた材木《ざいもく》が半分しずんでいて、流れてきた草がひっかかっている。水は、材木《ざいもく》をよけるように、左右にわかれて流れていた。

「カワゲラの幼虫《ようちゅう》を見つけたら、すぐ教えて」とヤン。

「しゃーっ！」ヨシュがへんじのかわりに大きな声をたてた。自転車のタイヤの空気がぬける音にそっくりだ。

ヤンは、ヨシュの体にも、タイヤみたいにバルブがあったらいいのに、と思うことがある。そのバルブをひらけば、ヨシュは一気にしゅーっとしぼんで、太っちょじゃなくなるのだ。

そしたら、息切れもしないだろうから、体育のサッカーやバスケのチーム分けで、ヨシュをいれてやるときにも、だれも、ぶうぶうもんくをいったりしなくなる。ヨシュは、いつもえらばれずに、さいごまでのこってしまう。小さくてやせっぽちのヤンよりもだ。

ヤンは、すばしっこくて器用《きよう》だし、ヤンの体のことは、みんなわかってくれている。でも、ヨシュはいつも、デブ、とわらわれている。そのたびに、かっとなったヨシュを落ちつかせるのは、たいへんだ。

そのとき、暗い水中で、なにかがきらりと光った。ヤンの目は、くぎづけになった。

「ヨシュ、そこでなにか光ってるよ！」

「やっと見つかったか。ふう！　十年かかるかと思った」ヨシュは、まんぞくそうにいった。ひざまで水につかっている。まくったズボンのすそも、もうびしょぬれだ。

「コインかなあ」ヤンは、もっとよく見ようと、目を細めた。

ヨシュは、すくい網《あみ》を川の底《そこ》へしずめると、うれしそうな顔でヤンをよんだ。

「はやく来いよ！」

ヤンは、いそいで橋をおりると、長めの枝《えだ》をひろって、ヨシュがまっている川の中へ入っていった。水が氷のようにつめたい。

見つけたものを目ざして、ふたりでぬるぬるした石の上を進んでいると、とつぜん、フィルのいやなわらい声が聞こえてきた。

「よお、さがしものか？」

「おれたちも手伝ってやろうか？」アキの声もする。

ヤンは、びくっとして、橋の上を見あげた。また、あのふたりだ。

ヨシュは「ちっ」といいながら顔をしかめ、網《あみ》をふりあげてさけんだ。「あっちへ行け！」

「なんかいったか？」アキが耳のうしろに手をあて、ぜんぜん聞こえないぞ、というふうに首をふって、フィルをつついた。「おまえ、聞こえたか？」

ヨシュが、もう一度大きな声でいった。

「おい、さ、さっさと、どっか行けったら！」

「さ、さっさと、だってよ！　へえー、おれたちをおどすのか」フィルは、いつものように大きく足をひらいて立ち、ガムをくちゃくちゃかんで、にやにやしている。

アキが「水あびでもしろよ！　見ててやるから」といいながら、橋をおりて、こっちにむかってきた。

ところが、きゅうに立ちどまると、「ちょっとまった」といって、くるりとむきをかえた。そして、まっすぐヤナギの林に近づき、ヤンの自転車をひっぱりだした。

「こりゃ、いいや！　ちょうど、こういう自転車が、ほしかったんだ」アキは、こぶしでサドルをぽんぽんたたいている。

「ぼくの自転車に、さわるな！」

はやく、とりかえさなくちゃ！　いそいで岸へもどろうとしたしゅんかん、足がつるりとすべった。ヤンは、あっというまにしりもちをついて、おなかのあたりまで、つめたい水につかってしまった。

「こけた、こけた！　水あびできて、よかったなあ！」フィルが橋の手すりをたたいて、はやしたてた。

ヤンは、大きなくしゃみをした。ぶるぶるっと体がふるえる。

くそーっ！　はあはあと息切れがして、さむさで体じゅうがぞくぞくする。

ヨシュが、アキにむかってどなった。

「あっちへ行けっていってるだろ！　き、聞こえないのか？　は、はやく、自転車から手をはなせ！」

　アキはもう、自転車にまたがっていた。ヤンはやっと立ちあがったけれど、服はずぶぬれで、ぽたぽたと、しずくがたれている。

「すげえな、スピードメーターつきだぞ。しかも二十段変速《だんへんそく》」アキは、ヤンの自転車をさんざんいじってから、さっとおりると、車体を持ちあげ、頭の上で、くるくるとまわしはじめた。「やったぜ！　おれのもんだ！」

　フィルも、アキのそばへ行き、わらいながらいった。

「おまえの？　おれのだろ？　ま、いっか。おれたちが見つけたんだ。かえしてほしいやつは、じぶんでとりもどすしかないよなあ！」

　そして、シラカバの木にのぼると、まん中あたりの高さの太い枝《えだ》にすわった。下では、アキが自転車を持ちあげている。

　フィルは、枝《えだ》の上から手をのばし、ハンドルをつかんだ。

　それからふたりは、ふうふういったり、けたけたわらったりしながら、とうとう、自転車の後輪《こうりん》を、シラカバの枝《えだ》にひっかけてしまった。

　ヤンとヨシュは、なにもできずに、ただじっと見ていた。

「いいんじゃねえか？」アキが、まんぞくげにいった。

フィルは木からとびおりて、自転車を見あげた。「よし。これなら、だれも持っていかねえな」

「ぼくの自転車を、おろせ！」岸へあがっていたヤンが、さけんだ。

ヤンは、どうしようもなく腹《はら》が立って、泣《な》きだささないように、ひっしでがまんしていた。めちゃくちゃになぐりかかっていきたかったけど、ぐっとこらえた。

あいつらは、ぼくがむかっていくのをまってるんだ。そしたら、ぼくをつかまえて、川の水に顔をしずめてやろうって。そのへんの木にしばりつける気かもしれない。そんなことがしたいだけなんだ。ほかにおもしろいことを思いつかないから。

フィルが、自転車にかたほうのうでをのばしていった。

「とどかねえなあ」にやりとわらって、アキにきく。「おまえ、どうだ？」

アキは、つま先立ちして手をのばし、わざとふらついてみせると、手をおろし、大げさに息を切らしていった。

「わるいな。どうにもなんねえや」

「そっかあ。どうしても、おろすのはむりか？」とフィル。

アキはわざと、かなしそうに首を横にふっている。

ふたりは顔を見あわせて、にたっとわらうと、歩きはじめた。帰るつもりみたいだ。

ヤンとヨシュと、木にひっかかったままの自転車をのこして。

「お、おい、自転車を、おろせっていってるだろ！」ヨシュはかがんで、石をひとつひろいあげると、ふたりのせなか目がけてなげた。

さいわいねらいははずれ、石はふたりをかすめてとんでいった。

アキとフィルは、なにもなかったかのように、わらいながら歩いていく。

ヤンは、がたがたふるえながら、立ちつくしていた。ぐっしょりとぬれた服から、しずくが落ちる。ヨシュがもうひとつ石をひろったのを見て、ヤンは声をかけた。

「よそうよ」

「なにを？」とヨシュ。

「その石。ぼくらじゃ、どうせかなわないよ」ヤンは、大きく息をはいた。

ヨシュは、鼻息をあらくしていった。

「あいつら、なんだよ！　頭はからっぽのくせに」ヨシュは石をほうりだした。

「……まかせとけ！　自転車はおれがおろす」

5　こわれた自転車

でも、けっきょくシラカバにのぼったのは、ヤンだった。きみの体重じゃむりだよ、とヤンがいったのだ。

ヨシュはもんくをいいたそうだったけど、きっと、ほんとうに枝《えだ》が折《お》れてしまう。

ヤンは太い枝《えだ》までのぼると、せいいっぱい手をのばし、ペダルのはしをつかんでゆすってみた。

自転車は、ゆさゆさとゆれた。でも、枝《えだ》からは、はずれない。

ヨシュの大きな声がした。

「もっと、思いっきりゆすらないと！　やっぱり、おれがやんないと、むりなんじゃないか？　おれものぼるよ。ふたりでやれば、はずれるかもしれないぞ」

ヤンは「だめだめ！」といいながら、後輪《こうりん》のどろよけをぐいっとひっぱった。

すると、とつぜん、枝《えだ》から車輪《しゃりん》がはずれた。ヤンも自転車といっしょに落っこちそうになり、なんとか枝《えだ》にしがみついて、すわりなおした。

自転車のほうは、はでな音を立てて地面に落ち、はねあがった。

「うおっ！」ヨシュがうなった。

「ぶつからなかった？」ヤンが木の上からさけぶ。

「おれは、へいき。だけど、自転車は、かなりまずいかも」

ヤンが木をおりているあいだ、ヨシュは、おそるおそる自転車を起こして、ハンドルを動かしたり、あちこちひっぱったりしながら、こわれぐあいをたしかめていた。

前輪《ぜんりん》は、まわらなくなっていた。どろよけはひしゃげて、ランプもスピードメーターもこわれている。自転車全体がゆがんでしまっていて、とても乗れそうにない。

家まで、おして帰るほかなさそうだ。

「おれも、いっしょに家まで行こうか？」ヨシュがいった。

「ぼくひとりじゃ、むりだと思ってるの？」

「そうじゃないけど……」ヨシュは小さくため息をついて、バケツとすくい網《あみ》を持つと、ひくい声でいった。「じゃあな。おれは、もうちょっとやってくから」

「やってくって、なにを?」

「えもの。こんど見せるから」

ヤンは、まよった。まだ時間はあるけど、ぬれたシャツが体にぴたっとはりつき、歯がガチガチいって、いうことを聞かない。

「ほら、はやく帰ったほうがいいって! もうすぐ大雨になるぞ」ヨシュがせかした。

「とっくにびしょぬれだよ」ヤンはわらった。

でも、ヨシュはへんじをせず、口をへの字にして、こっちをじーっと見つめているだけだ。

「わかった、帰るよ」ヤンは小声でいって、両手をハンドルにかけ、自転車をおして歩きだした。

でも、タイヤはキイキイ鳴るし、ちっともまっすぐ進まない。これじゃ、くず鉄置《お》き場《ば》からひろってきた、おんぼろみたいじゃないか。

パパは、顔をまっ赤にしておこるだろうな。ぜったいだ。

ヤンは、ため息をついた。そして、ふと思った。ほんとうにヨシュに手伝《てつだ》ってもらわなくてだいじょうぶかな? ひとりで家までおして帰るのは、かなりたいへんだ。

でも……。

ふりかえると、ヨシュはもう、ひざまで水につかって、しんけんなようすで、なにかをすくいあげようとしていた。

ヨシュは、ねばりづよいなあ。さっき光っていた「えもの」を、川底《かわぞこ》からすくいあげるまで、あきらめないつもりなんだ。あしたには、きっと見せてもらえるだろう。

6　冷《ひ》えきった体

家に着いたとき、ドアをあけてくれたのはアメリーだった。

「あーあ、きょうはみんな、ひどい目にあったみたいね」

ママはまだ、買いものから帰っていないみたいだ。車がない。

パパは電話中。また、会社で頭にくることがあったらしい。

このごろママはよく、「このままだと、パパは胃潰瘍《いかいよう》になっちゃうわ」といっている。「はやくべつの会社を見つけて」と、パパにたのんでいることもある。イカイヨウってなんだろう？　ヤンは、こんどパパにきいてみようと思っていた。

でも、きょうばかりは、パパが仕事のことでたいへんそうにしていて、たすかった。ヤンが帰ってきたことにも、庭においたガタガタの自転車にも、パパは気がついていない。

あの自転車よりは、ぼくのほうがちょっとましだ、とヤンは思った。きょうは二度もずぶぬれになっちゃったけど。ヨシュがいったとおり、帰り道を半分ほど来たところで、バケツをひっくりかえしたような雨がふってきたのだ。

とっくに川でぬれてしまっていたけれど、ヤンは、木の下で雨《あま》やどりした。それでも雨があたって、パンツまでびしょびしょになってしまい、もう、どうでもいいや、と、どしゃぶりの中を、こわれた自転車をおして帰ってきた。

手で持ってはこぶのとおなじくらいたいへんで、もうむりだ、と何度も思った。でも、はやくうちへ帰りたい……と、それだけを考えて歩きつづけた。

「タオルと着がえがいるね」アメリーが、ヤンのうしろでげんかんのドアをしめた。アメリーも帰ってきたばかりのようで、まだ乗馬用のズボンをはいたままだ。馬に乗っていないときは、へんてこなズボンに見える。

「ひとりで体をふいて、着かえられる？　手伝おうか？」

ヤンはあわてて下をむき、「それって」とつぶやいた。お姉ちゃんったら、なんてこと考えてるんだよ。

「見たくても、なんにも見せてやらないよ」ヤンはいった。

アメリーは、えっ？　という顔になり、すぐにプッとふきだした。それから、じぶんのこめかみのあたりを指でとんとんたたきながら、いった。

「ばっかじゃないの？　見たいわけないでしょ」

ヤンは、ぐしょぐしょになったスニーカーをぬいだ。

ここは、なにもいいかえさないほうがよさそうだな。アメリーはもう、大すきな馬のことを考えているみたいだし。顔を見ればわかる。

思ったとおり、アメリーは、ぶつぶついいだした。

「あいつらときたら！　あたしのだいじなバタフライを、つぎの競技《きょうぎ》大会に出すっていうのよ。まだ、調子がよくないのに。ひどいでしょ？」

「ふうん」ヤンは、ぬいだジャンパーを、スニーカーのそばにおいた。まわりに水たまりができている。アメリーの乗馬ブーツも、すこしぬれてしまった。

「ちょっと、なによ、これ！」アメリーが気がついて、おこりだした。

さっさと階段《かいだん》をのぼろうとしていたヤンは、聞こえないふりをした。

「ヤン！　もうっ、じぶんのものは、じぶんでかたづけなさいよ！」

ヤンは、部屋に入ってドアをしっかりしめると、へなへなとすわりこんだ。くたくただ。すっかり体が冷《ひ》えきっているのに、ぬれた服をすぐにぬぐ気にもならない。

ズボンのポケットに、かたいものが入っているのに気づいた。きのうから、ずっと持ちあるいていた石だ。

ポケットからとりだして、ながめてみると、石は黒っぽくて、きらきら光っている。銀をまぜた合金みたいだ。

見つけたとき、ヨシュが「黒い金」ってよんでたけど、ぴったりだな。「ヤン、おれたち、大金持ちになれるかもな」って。

ヤンは、クローゼットをあけて、ジャージのズボンをとりだした。シャツと、お気にいりのトレーナーも。胸《むね》のところに、オーバーヘッドキックをしているサッカー選《せん》手《しゅ》がプリントされている。

体がだるい。のどもかわいている。

それでも、ヤンは着かえると、机《つくえ》にむかって算数の宿題をはじめた。分数の計算だ。

こんなの、楽勝だ……。

しばらくして、げんかんでママとパウリーナの声がした。ヤンは顔をあげて、ノートと教科書をとじた。まだ、体はあまりあたたまっていない。

ママがドアをあけて、顔を見せた。

「ヤン、新しいノートを三さつ買ってきてあげたわよ。使うでしょ？」

「うん、いる」ヤンはノートをもらって、机《つくえ》においた。下で、パパとお姉ちゃんたちが、ママをよんでいる。みんな、ママにたのみごとがあるみたい。たすかった。

「はいはい、今行きますよ。体を四つにわけられたらいいのにね」ママはさいごのところだけ小声でいうと、さっさと出ていった。

ヤンは、ほっとため息をついた。

もうすこし、ここにいよう。ママには、あとで話せばいいや。だいたいのことだけ。

自転車がこわれたのは、ヨシュが乗っていてうっかり橋から川に落ちたからだっていえば、すむかもしれない。でも、そんなことといったら、ヨシュがおこられちゃうな。

夕食のテーブルにつくと、パウリーナが、英語《えいご》の時間に単語《たんご》を正しくこたえられなかったの、といいだした。

「頭の中がね、まっ白になっちゃって。はじめっから、ちゃんとおぼえてなかったし」

そんな話は、わらい話ですむわけがない。パパのお説教《せっきょう》がはじまった。

「しっかりおぼえておかないから、そういうことになるんだぞ。あたりまえだ。そんなこともわからないのか？」

今なまけていたら、将来《しょうらい》、ろくでもないことになる、とパパはパウリーナにいって聞かせた。

ママも、そうそう、といっしょになっていいだすと、だんだんパパもパウリーナも大声になって、そのうちに、なんの話をしているのか、わからなくなってしまった。さわがしいだけだ。

まず、パウリーナがにげだし、まもなくアメリーもいなくなった。

ヤンは、すわったまま、なにもいわずに聞いていた。ときどきあくびが出た。そろそろそろ寝《ね》る時間だ。

もしきかれたら、ヤンも、川でおこったことを話そうと思っていたのだ。自転車がこわれてしまったこと。どしゃぶりの中を、おして帰ってきたこと。それから、今もまだ、手も足もふやけたような感じがして、体の中までぐにゃぐにゃになったような気分だってことも。

でも、けっきょく、いいだすチャンスはなかった。だから、ひとことも話さなかった。いつもだったら、ママやパパはあれこれきいてくるのになあ……。

みんながかまってくれなくても、ちっともかまわない。

ただ、きょうは、ママにだきしめてほしかった。あとで、歯をみがいてからでもいいから、ちょっとだけ……。

ママは、いつまでたっても、テーブルをはなれなかった。

そのうちにパパが、大きな声でなにかいいながら、プリンのお皿をスプーンでたたいたので、お皿にひびが入ってしまった。パパはこんどは、お皿におこって、ますます大声になり、とうとう爆発《ばくはつ》した。

ヤンは、ママのことはあきらめて、寝《ね》ることにした。

べつにいいや。いくら体が小さくたって、もう赤んぼうじゃないんだから。

それに、ぼくはクラスでいちばんちびだけど、ばかじゃない。からっぽ頭のアキやフィルとはちがう。あのふたりは、弱いものいじめをする以外《いがい》になにも思いつかない、どうしようもない大ばかだ。

ヤンは部屋に入ると、ドアをしめてつぶやいた。

「いつか、あいつらに思いしらせてやらなきゃ」

7　ママのしんぱい

ヤンの胸《むね》を見ればだれでも、ヤンがほかの子とはちがうことに気がつく。だから、そばにだれかいるとき、ヤンはシャツをぬがないようにしていた。
もちろん、どうしてもぬがなければいけないこともある。泳ぐときとか。水泳はきらいじゃないし、みんなとおなじように、飛《と》びこみもできる。

水泳よりすきなのは、体育の時間にやったクライミングだ。ダンスもきらいじゃないけど、それはないしょにしている。男子なのにへんなやつだと思われたら、いやだから。

ヤンはもちろん、りっぱな男の子だ。でも、サッカー選手《せんしゅ》やボクサーには、ぜったいになれない。ずっとまえから胸《むね》にある大きな傷《きず》あとのせいだ。

傷《きず》あとを見た人は、みんなすぐに、はっと目をそむける。

でも、ヤンは知っている。それでおしまいというわけじゃなく、すこしたつと、一度は目をそらした人もみんな、なにげなく胸《むね》の赤黒い線を見ているんだ。

「手術《しゅじゅつ》のあとだよ」ヤンは、きかれたときにはいつも、きちんとこたえる。

でも、傷《きず》あとをさわらせてあげたのは、ヨシュだけだ。ヨシュはいった。

「黒くなって、もりあがってるね。ここを、切ってひらいたんだ……」

ヤンはうなずいた。

ときどき、ヤンは心臓《しんぞう》のあたりに手をあててみる。とくん、とくん、といいながら、心臓《しんぞう》がちゃんと動いているのがわかる。

これまでに、手術《しゅじゅつ》は三回うけた。四回目も、もうじきだ。

病気の名まえは、ノートに書きとめてある。すこしむずかしかったけど、お医者さんたちが、きちんと説明《せつめい》してくれたのだ。

ヤンは生まれたとき、心臓《しんぞう》と肺《はい》とをつなぐ太い血管《けっかん》が、ちゃんとできていなかった。ふつうはその太い血管《けっかん》が、心臓《しんぞう》から肺《はい》に血液《けつえき》をはこぶ。血液《けつえき》は、肺《はい》で酸素《さんそ》をとりこんで、体じゅうを流れる。体に酸素《さんそ》が行かなかったら、生きていけない。

そのうえ、心臓《しんぞう》の弁《べん》もなかったので、かわりをしてくれる人工の弁《べん》を、手術《しゅじゅつ》でとりつけなければいけなかった。

血液《けつえき》の流れかたや肺《はい》のしくみについては、ヤンは、じぶんがほんとうにわかっているのかどうか、自信《じしん》がない。

どうして、しょっちゅう心臓《しんぞう》がどきどきいって、はやくなるんだろう。

「ヤン、あなたは、奇跡《きせき》の子なのよ」ママはときどきそういって、ヤンの心臓《しんぞう》のことを話してくれる。

生まれてすぐ、お医者さんから、生きられるかどうかわからない、といわれたらしい。でも、ヤンの体は、細い血管《けっかん》に太い血管《けっかん》のかわりをさせるという手術《しゅじゅつ》で、生きる道を見つけだした。でも、体が大きくなるにつれて、細い血管《けっかん》ではふじゅうぶんになって、また手術《しゅじゅつ》がひつようになったのだ。

いつのまにか、ヤンはいろいろな検査《けんさ》や器械《きかい》についてもくわしくなっていた。超音波検査《ちょうおんぱけんさ》のときに、じぶんの心臓《しんぞう》が動いているのも見たし、ヤンとおなじような病気の人ばかりがたくさんいる病院も、いくつか知っている。入院していたとき、お医者さんも看護師《かんごし》さんもやさしくしてくれて、ごはんもおいしかった。

それなのに、気がつくとヤンは、そのことをわすれてしまっている。病院にいたときより、今のほうが、しあわせだからだ。

家族とうちにいられるほうが、ずっとずっといい。

このごろまたヤンは、つぎに入院するときのことを、しょっちゅう考えるようになっていた。

ママが仕事を休んでつきそってくれて、パパはパウリーナとアメリーのために、家のことをする。

ただ、ふたりは、じぶんたちがパパのめんどうを見てあげるのよ、っていっていた。

「どうせこんども、あたしたちがごはんを作ることになるに決まってるもん。作ってあげないと、パパはうえ死にしちゃうから！」とパウリーナ。

パパは、そんなことはないぞ、とけんめいにいいかえしていた。

でも、それは、いつもみたいな本気のけんかとはちがう。ヤンにはわかっていた。アメリーも、あのふたりは本気じゃないよね、といっていた。

ヤンはパジャマに着かえて、ベッドに入った。

ファニは、どこだろう?

ファニは毎晩《まいばん》、ヤンが部屋にいれてあげるまで、ドアをひっかくのをやめない。いれてやってからいつも、「ベッドの上にあがったらだめだよ。あがっていいのは昼間だけだからね」といって聞かせる。

ファニは、ぼくのいうことがわかっているんだ。だって、いつもぼくの足に体をこすりつけてから、ベッドのそばのいすの上で、おとなしくねむるから。

ところが、きょうは、そのファニがいなかった。ドアをひっかく音もしない。

ヤンは、ベッドを出てさがしにいこうか、まよった。ファニは、どこかでぼくをまっているのかもしれない。

でも、そのときママが部屋に入ってきてしまった。

どっちにしても、きょうは、つかれてくたくただ。ヤンは、ファニをさがしにいくのをやめて、ふとんにもぐった。

「寝《ね》るじゅんびはできた？」ママがきいた。

ヤンは、ねむそうにうなずいた。まぶたがかってにとじてしまう。

ママがほっぺたにおやすみのキスをしてくれた。だれも見ていないから、いいや。

髪《かみ》の毛にさわられるのも、心地いい。頭をなでられるのも、きょうはいい感じだ。

「ヨシュと川であそんだの？　たのしかった？」とママ。

「もちろん」ヤンは小声でこたえた。

「自転車はどうしたの？」

ヤンは、はっとした。きゅうに、心臓《しんぞう》がどきどきしてきた。

「庭においてあるよ。なんで？」

「ちょっと、気になって……」

まだ、なにかきかれるんだ……。ヤンは息をとめた。

「ねえ、ヤン、なにかあったの？」

「たいしたことじゃないよ」ヤンはあわててこたえた。目がぱっちりさめた。

「ヤン！」

ヤンは、ママにくるっとせなかをむけて、いった。

「ヨシュが乗っててころんだだけだよ。自転車は、パパがなおしてくれると思う」

「ヤン！」

ヤンは、黄色にオレンジの水玉もようのかべ紙を、じーっとにらみつけていた。

ママはだまっている。ヤンには、とても長い時間に思えた。それから、またママの声が聞こえた。

「なにかこまっていることがあったら、ママに話してくれるわね？」

「こまってることなんて、ないよ」へんな声になってしまった。

「そう。じゃあ、おやすみ」ママの手がふとんをさする音がした。かさかさと、紙みたいな音だ。「とにかく、ぐっすり寝《ね》なさい。あしたも、はやいんだから」

8　体が重い

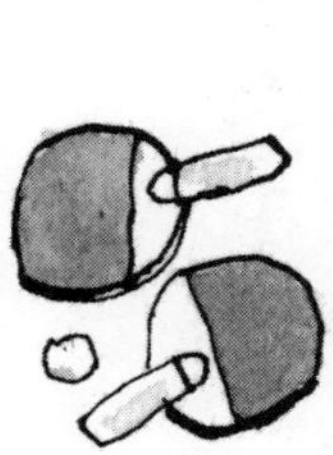

つぎの朝、ヤンはいつものように、スクールバスに乗った。

でも、なにもかもが重かった。かばんも、着ている服やくつも。にこにこしているララゾフィーに会っても、あんまりうれしくない。

ララゾフィーは、ひとつだけあいていた、ヤンのとなりの席《せき》にすわると、話しかけてきた。

「学校がおわったら、卓球《たっきゅう》するでしょ？」

「うん、そのつもり」ヤンはうなずいた。かばんの中には、卓球《たっきゅう》の球とラケットを二本、いれてある。

このごろ、クラスで卓球《たっきゅう》がはやっている。一対一で試合《しあい》をしたり、数人のグループになって、ぜんいんで台のまわりをまわりながら打つ、「ぐるぐる打ち」というのをしたりしてあそぶのだ。

でも、卓球《たっきゅう》ができる放課後《ほうかご》は、まだまだずーっと先だ。きょうは、時間までののろのろ進む気がする。時計の針《はり》に、だれかがなまりの玉をつけたんじゃないかと思うほど。

バスをおりてからも、ララゾフィーは、ずっとヤンのとなりを歩いていた。

「あたし、卓球《たっきゅう》のとき、ヤンとおなじグループに入ろうかな。いいよね？」

どっちでもいいよ、とヤンは思った。

校庭に入ると、ララゾフィーは、算数のノートを見せてほしい、といいだした。ヤンがかばんからノートを出してわたすと、ララゾフィーはまた、にこにこしながらいった。

「練習問題、いっしょにやらない？」

「いいよ」

算数は、ヤンのとくい科目だ。

ララゾフィーは、二時間目のあとの二十分休みにも、ヤンの席《せき》へやってきて、いった。「ヤンが算数を教えてくれたら、落第《らくだい》（ドイツでは、小学校でも同じ学年をやりなおすことがときどきある。）しなくてすむかも」

ほんとうにそうかもしれないな、とヤンは思った。

それにしても、きょうは、なんだか体がいつもとちがう感じがする。足が、ヤンの体をはこぶのをいやだといっているみたいだし、頭をどっちへむけたらいいのかも、わからない。

三時間目の国語の時間になった。ラウ先生が、クリスティアン・モルゲンシュテルン（ドイツの詩人。一八七一〜一九四一年。）の詩について説明《せつめい》しているとき、となりの席のラッセが、ヤンをつつきながら、ひそひそ声でいってきた。

「顔が青いぞ。ララゾフィーに告白《こくはく》されちゃったとか？」ラッセはヒヒッと声を出しそうになり、あわててこらえて、にたーっとわらった。

ヤンは、わらわなかった。ほんとうは、わっと泣《な》きだしたい気分だった。

たぶん、ララゾフィーはかんけいない。もちろん、ヨシュのせいでもない。

ヨシュはさっきから、なにかいいたくてたまらないって顔で、ちらちらとヤンのほうを見ている。きっと、放課後《ほうかご》のやくそくがまちきれないんだ。

ヨシュは、国語の時間がはじまるまえにやってきて、ささやいた。

「放課後《ほうかご》、うちに来ないか？　きのう、あのあと、川でなにをひろったと思う？　いっても、ぜったいに信《しん》じないだろうな」

いっしゅん、ヤンは手足がなまりのように重いのをわすれた。

「なに？　教えてよ」ヤンは、ヨシュを教室のすみっこへひっぱっていった。だいじなことをいおうとするヨシュのくちびるも、ふるえていた。

でも、ヨシュは大きく深呼吸《しんこきゅう》をすると、首を横にふって、きっぱりといった。

「やっぱり、やめた。見てのおたのしみだから」

ヤンは席《せき》についた。はやくうちへ帰りたいけど、まだ授業《じゅぎょう》がある。立っているよりは、すわっているほうがましだった。いっそ、机《つくえ》の上に横になって、寝《ね》ていたい。

でも、ラウ先生が、寝《ね》かせておいてくれるはずがない、と思った。

ラウ先生の授業《じゅぎょう》が進むにつれ、ヤンは、ますますつらくなって、いすにじっとすわっていることもできなくなってしまった。それで、しかたなく、まえへ出ていって、先生に小さな声でいった。

「ちょっと外に出てもいいですか？　顔がものすごく熱《あつ》いんです」

「熱《あつ》い？」先生はヤンの顔を見ると、すぐに事務室《じむしつ》のシュミットさんのところへ行きなさい、といった。それから「だれか、いっしょに行ってくれる人？」ときいた。

クラスのほぼぜんいんが、手をあげた。ラウ先生は、ラッセでもラブフィーでもなく、ヨシュをえらんでくれた。ヤンはうれしかった。

ヨシュは、事務室《じむしつ》の中までついてきてくれた。

「む、むちゃするなよな。おたのしみは、ちゃんとだいじにとっとくから」

「ありがとう」ヤンはいった。

シュミットさんは、ヤンのひたいに手をあてると、すぐにヤンのママに電話をした。

ヤンはソファに横になった。

「むかえにこられますか？　……ええ、伝えます」受話器《じゅわき》をおくと、シュミットさんはヤンに、「すぐに見えるそうよ」といって、水を一ぱい持ってきてくれた。

「ビスケットは、いらない？」

ヤンは、だまって首を横にふった。コップにもさわりたくないや。体じゅうがぞくぞくして、さむくてこごえそうだった。

9　ネズミばあさん

ママは、図書館の仕事をほうりだして、いそいでヤンをむかえにきてくれた。こんなことにならないように、いつも気をつけていたのに。ヤンは、くやしかった。

ママは、だまってヤンを車におしこんだ。

ヤンのぐあいがわるくなったときのママの顔。見ただけで、なにをいいたいのか、わかる。

だけど、きのうは川でころんで、服がちょっとぬれただけなんだ。すごくさむかったけど。そのあと雨もふってきたけど、もともとぬれてたんだから、かんけいない。

木に自転車をひっかけられて、ガタガタおして帰ることにならなかったら、何百倍もはやく家に着いていたし、ちゃんと話をする時間だってあったんだ。

「じぶんの体をだいじにしないからよ。それがどんなにたいせつなことか、ヤンはわ

かっていると思ってたのに」ママはしずかにいって、車のエンジンをかけ、学校の駐《ちゅう》車場《しゃじょう》を出た。

ヤンはなにもいえずに、くちびるをかんだ。

もちろん、わかってるさ。だけど、ほんのちょっとわすれただけでも、すぐに病気になっちゃうんだ。もう、こんなふうにひどい目にあってるんだから、しからなくたっていいじゃないか。いつもいつも気をつけていなくちゃいけないのが、どんなにたいへんかなんて、ママにはわからないんだ。

こうやってシートによりかかっているあいだに、うちへつれて帰ってもらえるのはたすかるけど……。

まどの外に、車やお店や、歩く人たちが見えた。なにもかもが、ゆらゆらとゆれている。ヤンは目をとじた。

はやくベッドに入りたい……。

ママはもう、なにもきいてこなかった。ただ、だまってため息をついた。とても小さなため息だったけれど、ヤンには聞こえた。

耳はだいじょうぶなんだ。目だって。

また目をあけて、通りをながめていると、しょっちゅう行っている小さな広場と、まわりの建物《たてもの》が見えてきた。

ベンチに「ネズミばあさん」がすわっている。

白髪《しらが》だらけのぼさぼさ頭に、いつものよごれた服、はでな緑のズボンとまっ赤なセーターだ。たまにちがう服を着ているときもあるけど、それも、やっぱりきたない。たぶん、おふろに入っていないんだ。

ヤンたちはみんな「ネズミばあさん」とよんでいる。いつも広場をうろうろしていて、まるで、ネズミとでもくらしているみたいに、きたなくて、くさいからだ。

ちょっとぼんやりしていると、むこうから話しかけてくることもある。まず時間をきかれて、そのあとは、決まってがみがみどなられる。

きょうも、ネズミばあさんはベンチにすわって、大きな声でひとりごとをいっていた。

ヤンは顔をそむけた。でも、目はつぶらなかった。二、三日まえに見たおばあさんの顔が、うかんできそうな気がしたから。

その日、おばあさんは、ぞっとするような目でヤンをじいっと見つめて、こういったのだ。

「さっさとむこうへ行っちまいな。さもないと、ばちがあたるよ」

10　わるくないや

ヤンは、ふとんにもぐって、ぐっしょりと汗《あせ》をかき、たくさんねむった。ネズミに追いかけられて、かかとをかじられる夢《ゆめ》を見た。とびあがって、おしりにかみついてくるネズミもいた。
目がさめると、ベッドに体を起こして、あたたかいハーブティーを飲んだ。ママがいった。
「セージのお茶よ。ハチミツが入ってるわ。おなかはすいてない？」
ママはベッドにすわって、心の中までのぞきこむように、じっとこっちを見つめている。

ヤンは首を横にふって、ふとんをかぶり、またすぐにねむった。

おでこのタオルがとりかえられるたびに、ひんやりした。ふくらはぎのあたりも冷《ひ》やしてくれたから、足も、ひやっとなるのがわかった。

それでも、夢《ゆめ》を見ながら、とろとろとねむりつづけていた。


ドアのあく音がした。びくっとして見ると、ママではなく、ネズミばあさんが立っている。おばあさんはヤンのそばに来て、わきの下に体温計をさしこんだ。

「ヤン、なんてばかなことをしたんだ」

「だって、しょうがなかったんだ。それに、宿題があったし……」

目をとじると、また、ネズミばあさんの声が聞こえた。

「熱《ねつ》が出るって、あたしにはわかってたんだよ」

「おねがいだから、暗いところにつれていかないで。ネズミに、おしりをかじられちゃう……」

「ヤン！」

目をあけると、そばにいたのはママだった。目に涙《なみだ》をうかべている。ヤンはおどろいて、いった。

「ママ、泣《な》かないで。ぼくはだいじょうぶだよ。もう赤んぼうじゃないんだからさ」

「そうよね」ママはそういって、また泣《な》いた。

それから、ほおの涙《なみだ》をぬぐうと、ベッドからヤンをひっぱりだして、そのまま車のところへつれていき、ドアをあけてすわらせた。シートがひやっとした。

車でバウマン先生のところへ行くと、先生はヤンの胸《むね》に聴診器《ちょうしんき》をあてて音を聞いてから、ジュースを一ぱい飲むようにいった。

そのジュース、知ってる……薬なんだ。キイチゴジュースとはちがって、ぜんぜんおいしくない……。

「とにかく、よくねむることだな」バウマン先生はわらった。

ヤンもわらった。そして、気がつくと、またじぶんのベッドでねむっていた。

つぎに目をさましたときも、ママはヤンのベッドのふちにこしかけていた。ヤンはいった。

「よかった、ママか……。ネズミばあさんかと思った」

つぎの日まで、まる一日ねむって目をあけると、こんどはママのかわりに、パパがすわっていた。

「しんぱいするな。自転車は、ちゃんと直しといてやったぞ」

「えっ？」ヤンは、目を見ひらいた。

「なにがあったのか、話してくれないか？」

ヤンは、へんじをしなかった。

パパは、ヤンをやさしくだきしめて、いった。

「あんまりパパたちを、びっくりさせないでくれよ。たのむから」

ヤンは、きゅうにおなかがすいてきた。パパに「なにか食べたい」というと、パンを持ってきてくれたのは、アメリーだった。

ヤンは、何度も目をこすった。

「これって、まだ夢《ゆめ》見てんのかな？　いつも、『ヤンなんか知ーらない』っていうお姉ちゃんが来るなんて、どうしたの？」ヤンは、にっとわらって、パンにかじりついた。

「なによ！」アメリーはそれ以上《いじょう》、なにもいわなかった。

やっぱり、アメリーは、なにを考えているのかわからない。きょうは、ぜんぜんいじわるなことをいわないし、うでをつねったりもしない。

それどころか、こっちを見てほほえんでいる。弟がかわいくてたまらないって感じ。きょうのアメリーは、なんかいいな、とヤンは思った。

いつもとはちがう。もしかしたら、ほんとはやさしいのかも。それにきょうは、馬のにおいもしないし……。

アメリーは、パンだけじゃなくて、テディベアまで持ってきてくれた。たくさん持っているぬいぐるみの中から、ヤンのためにえらんでくれたんだろう。

「あとで、ちゃんとかえしてね。とりあえず、あんたのことは、この子が見ててくれるから」

べつに、ぬいぐるみなんかいらないよ、とヤンは思った。でも、だまっていた。うれしかったのだ。

パウリーナが顔を見にきてくれたときも、やっぱりうれしかった。パウリーナは、ヤンがちょうどパンを四つ食べおわったころ、ドアをあけて、きいてくれた。

「ほかに、食べたいもの、ない？」

ヤンはベッドの上で体を起こしたまま、こたえた。

「いまは、べつにない。ほしくなったら、いうよ」

「りょうかい！　かべをコンコンしてくれたら、すぐ来てあげるね」パウリーナがにっこりわらった。

ドアがしまると、ヤンはふーっと息をはいた。

ぼくみたいに心臓《しんぞう》がわるいと、たまにはいいこともあるんだな。かぜをひいて、ちょっと熱《ねつ》が出ただけなのに、みんなあわてて大さわぎしてくれる。

ぐあいは、ずいぶんよくなっていた。

ヤンは、なおるまでもうすこし時間がかかってもいいのに、と思った。だれも大きな声を出したりしないし、みんながぼくにやさしくしてくれる。

これって、わるくないや。

11　たからもの

つぎの日、ヨシュがやってきた。よくなってきたけど、まだベッドから出られない。

「な、なまけもんが、まだ寝《ね》てる」

「べえー。なまけもんじゃないし、もう寝《ね》てないよー」

ヨシュはにっとわらって、うなずいた。「そ、そんなら、よかった」

それから、ヨシュはズボンのポケットをさぐって、むきだしのグミを出し、ヤンにくれた。コウモリの形をしたフルーツ味のグミが三個《こ》、つぶつぶの塩《しお》がついた、リコリス味のまっ黒なグミが二個《こ》。

「おみまい。これ食べて、はやく元気になれよ」ヨシュはヤンのうでをかるくパンチした。

「ありがとう」ヤンは小さな声でいって、ぜんぶいっぺんにほおばった。ちょっぴりくっついていた砂《すな》が、ジャリッといった。

「ほかにも、見せるもんがあるんだ！」

そういったヨシュの顔を見て、ヤンはどきどきした。

川で見つけた、「えもの」のことだ！　はやく見たくてたまらない。

でも、こんなときヨシュに、「はやく！」なんていっちゃいけないんだ。ヤンは、ヨシュのことなら、よくわかっている。ずっとまえからの親友なんだから。

ふたりが友だちになったのは、ヨシュがお母さんとひっこしてきてすぐのこと。まだ、保育園《ほいくえん》のころだった。

はじめて保育園《ほいくえん》に来た日、ヨシュは大声でわめいて、先生のうでにかみついた。それから、どういうわけか、いきなりヤンの手をつかんで、カーペットがしいてある部屋へひっぱっていった。

ヤンは、そこにあったつみ木で、ヨシュといっしょに高い塔《とう》を作った。ヨシュがすっかりおとなしくなったので、先生もほかの子たちも、ふしぎそうな顔をしていた。

そして、その日から、ヨシュはなにかとヤンを守ってくれるようになったのだ。

ヤンがいじめられていると、あいてがじぶんより背《せ》が高くても、かまわずなぐりかかっていく。ヤンのために絵をかいたり、ミミズや死んだコガネムシをいっしょにあつめたりもしてくれた。

ヨシュが来てから何日かたって、ヤンはママといっしょに、ヨシュのうちへあそびにいった。高層団地《こうそうだんち》の十四階の部屋だ。

ママとヨシュのお母さんがコーヒーを飲んでいるあいだ、ふたりは、カレラ社製《しゃせい》のおもちゃのレーシングコースで車を走らせたり、まどからつばのとばしっこをしたりした。

そのころから、ヤンとヨシュはいつもいっしょ。ヨシュは、ヤンより頭ひとつ大きくて、体重も二倍ある。

ヨシュは、お母さんとふたりでくらしている。大きな声でよくわらうお母さんだけど、ときどき、人をじいっと見つめたり、ビールのにおいがしたりする。

お父さんはいない。ヨシュが生まれたときから、いなかったのだ。

でも、ヨシュはときどき、お父さんの話をする。「今、南極探検《なんきょくたんけん》に行ってるんだ」とか、「ジャングルのおくで、しばらく大蛇《だいじゃ》の研究をしてるらしいぞ」とか。

ヤンはいつも、だまって聞いている。

ヨシュはばかじゃない。ほんとうのことは、ヨシュだってわかってるはずだ。ヨシュは親友だ。太っていたってかんけいない。つっかえながらしゃべるのを、がまんして聞いてやらなくちゃいけないことも、どうってことはない。

たまに、ヨシュがなにをいいたいのかがとちゅうでわかって、ヤンが先にいうと、「お、おれがしゃべってるのに、じゃ、じゃますんなよな」と、おこられたりする。

さっきから、ヨシュはいすをゆらしながら、ヤンがまちきれなくなるのをおもしろがっていた。背《せ》もたれによりかかって、あくびをし、両うでをぐーっと上にのばしてのびをすると、いすから立ちあがり、またすわった。それからようやく、口をひらいた。

「目をつぶって！　おれがいいっていうまで、あけちゃだめだ。ずるして、うす目で見るのも、なしだぞ」

ヤンは、目をとじてすわっていた。ヨシュの鼻息が聞こえる。ヨシュの手が、ヤンの手をつかむ。

ヤンが、わくわくしながら、じっとまっていると、てのひらに、ひんやりとしたものがさわった。

「ちゃ、ちゃんと持ってろよ。いいか、ぎゅってにぎったりしちゃだめだぞ。け、けがするから」とヨシュ。

なんだろう……。金属《きんぞく》かな……。木の部分もあるみたいだ……。

ヤンは、はっとした。これって、もしかして……。

目をとじたまま、そっと木の部分にさわってみた。ヤンは小さくため息をもらした。

「わあ……」

「おれたちふたりのもんだ」とヨシュ。

「もう、見てもいいよね?」

ヤンは、目をあけた。手にのっていたのは、ナイフだった。柄《え》の部分は、黒い木。きれいなかざりのもようが彫《ほ》ってある。刃《は》はけっこう大きい。見たことがないような、かっこいいナイフだ。

「切れるの?」ヤンはきいた。

「ためしてみろよ! つぎは、あっちがやられる番だ」ヨシュの目がかがやいた。

「あっちって?」

「決まってるだろ」ヨシュはちょっと顔をしかめ、それから、にっとわらった。「これがあれば、もうだれも、ヤンの自転車を木にひっかけたりしなくなる」

ヤンはふっと息をはいた。それから、にこにこしていった。

「あいつらか……。でもさ、パパにぜんぜんおこられなかったんだ。ついてたよ。自転車も、すぐ、なおしてくれたし」

ヨシュも、うなずいた。でも、顔はわらっていない。

ヤンは、もう一度ナイフをにぎると、ヨシュにいった。

「ばかなことは、考えないでよ。しかえしなんて、できるわけないだろ。あいつらとは、もうかかわらないようにしよう」

ヨシュは、またうなずいた。その顔を見たヤンは、ちょっとまよったけど、ヨシュにナイフをかえした。

「しんぱいすんなって。ナイフは、おれが持っとく。うちに、いいかくし場所があるんだ」

ヨシュは明るくいうと、ナイフをさっさとタオルにくるんで、小さなリュックにしまった。

12　ファニがいない

さらに一日たつと、ヤンは、外を走りまわれるくらい元気になった。

庭の畑を見にいくと、トマトやズッキーニが大きくなっていた。ソラマメと、今年ママがはじめて植えたパプリカも。でも、どれも、まだまだ食べられそうにない。イチゴだって、もっと赤くなるまでまたないと。

サクランボの木を見あげる。こっちも、実はやっぱり青い。それでも、ヤンは木にのぼり、太い枝《えだ》にすわって庭をながめた。

何年かまえ、ニワトリを飼《か》っていたことがあった。一羽だけがオンドリで、クロイソスというむかしの王さまの名まえをつけたのに、頭がどうかしちゃってて、朝から晩《ばん》まで鳴きっぱなし。おかげで、メンドリたちの調子までおかしくなった。

「クロイソスは動物保護《ほご》センター行きだな。それとも、スープにでもしてしまうか」

と、パパもあきれていた。

もちろん、パパは本気でいったわけじゃない。もし、ほんとうにそんなことをしようとしたら、みんな、パパなんか、もう顔も見たくない、って、口をきかなくなっただろう。

事件《じけん》がおきたとき、さいしょに気がついたのはパパだった。

「おや？　クロイソスはぐあいでもわるいのか？　けさは、ちっとも鳴かないな」

耳をすましてみると、外はしーんとしずまりかえっていて、メンドリたちの声もしない。

つぎのしゅんかん、家族ぜんいんが家をとびだして、庭へ走った。

鳴き声がしなかった理由は、ひと目でわかった。クロイソスもメンドリたちも、かこいの中でたおれて、動かなくなっていたのだ。

「もどっていなさい。おまえたちは、見ないほうがいい」

パパがいったけど、みんな動けないまま、死んだニワトリを見つめ、つったっていた。

パパは、かこいにあいた穴《あな》を見て、しずかにいった。

「テンにやられたんだろう。キツネのしわざかもしれないな……」

中へ入っていくパパは、青い顔をしていた。

そのあと、みんなでニワトリを土にうめてやった。朝ごはんのとちゅうだったのに、だれももう食べる気がしなくて、このときから、みんな、鶏肉《とりにく》もすきじゃなくなってしまった。

ヤンは今でも、かこいがあった場所に近づかないようにしている。あの朝のようすが目にうかんできて、せなかがぞくっとするから。

今はそこで、ニワトコの木が枝《えだ》を広げている。

するすると木をおりたヤンは、物置《ものおき》から自転車を出して、いつものように走ってみた。

牧草地《ぼくそうち》に、大きなブナの木がしずかに立っている。きょうは風もない。

晴れた空のところどころに、小さな白い雲がはりついている。きれいな水色の空だ。

ヤンは、自転車をおりて、柵《さく》をくぐり、丈《たけ》ののびた牧草地《ぼくそうち》に入った。

雌牛《めうし》は一頭も見あたらない。まだ小屋の中かもしれないな……。

こしをおろし、草をむしってくちびるにあて、指でおさえつけてつよくふくと、何度目かに、ピイイと高い音が鳴りひびいた。

……そういえば、きのうヨシュが、算数の宿題があるっていってた。

「きょ、教科書のここ、九番と十番、ぜんぶだって。ヤンなら、ちょちょいってできちゃうだろうけど」

こんなことしてる場合じゃないや。

ヤンは、いそいでうちへもどり、自転車をおきに物置《ものおき》へ入った。

……ファニはどこへ行ったんだろう？　きのうの午後から見ていない気がする。

「ファニ！」ヤンは古いタイヤや箱をどけて、物置《ものおき》の中をすみずみまでさがしたあと、庭でもう一度名まえをよんでみた。それから、家の中へ入った。

キッチンには、だれもいなかった。あらっていない食器《しょっき》がそのままになっている。

ファニのお皿をのぞくと、エサが半分のこっていた。きょうは、おなかがへってなかったのかな……。

「ママ？」とさけんでから、ヤンは思いだした。ママはさっき、あわてて出かけたんだっけ。テレーザおばさんへのプレゼントを買わなくちゃ、って。

テレーザおばさんは、ポルトガルに住んでいるママの妹で、毎年誕生日《たんじょうび》には、ママが贈《おく》りものをしている。

階段《かいだん》をかけあがると、音楽が聞こえてきた。女の子たちのおしゃべりも。アメリーの部屋からだ。友だちがあそびにきているんだ。

行って、ファニを見なかったか、きいてみようかな……。

ヤンがまよっていると、ろうかのおくのほうで物音がして、古いミシンの下からファニが出てきた。

「なんだ、そこにいたのか」ヤンは、ほっとした。

ファニはそろそろと歩いて、ヤンのそばまでやってきた。

でも、なんとなく、いつもとようすがちがう。しんけんな顔でヤンを見つめ、どことなく、ほこらしげだ。しっぽをぴんと立てている。

「ファニ、どうかしたの？　だいじょうぶ？」

ファニは「ミャア」とこたえると、くるりとむきをかえて、ミシンのほうへもどりはじめた。そして、アメリーの部屋をとおりすぎたところで、とまった。

ふりむいて、こっちを見ている。

ぼくに、ついてきてっていってるの？

ヤンは、ファニをだきあげて、なでてやりたくなった。さむいわけじゃないけど、ファニの毛に顔をうずめたら、あったかいだろうな、と思った。

でも、なんとなくできなかった。ファニが歩くたびに、大きくふくらんだおなかが、ゆさゆさゆれるせいかもしれない。

ミシンのまえで、ファニはもう一度ふりむき、おくへ消えた。

ミシンの下に、古いセーターが見える。ソックスも。ファニがひっぱりこんだんだ……。

そうか！

しゃがんで、ミシンの下をのぞきこんだヤンは、しばらくそこから動けなくなってしまった。心臓《しんぞう》がどきどきして、息をするのもわすれそうだった。

13　ミシンのおくで

子ネコを生むのが、どんなにたいへんなことか、ヤンはちっとも知らなかった。ものすごく長い時間がかかるってことも。見ているだけでもくたびれる。

まず、二ひきがつづけて生まれてきた。

ファニは、ちっぽけな子ネコたちをなめて、すっかりきれいにしてから、セーターの上に寝《ね》かせた。

今はまた、つぎの子ネコを生もうとしている。

ヤンは、ファニがかわいそうでたまらなかった。ミャアアアと、くるしそうな声で鳴くのだ。いたいんだろうな。手伝《てつだ》ってあげたいけど……。

そっと見守っていると、三びき目が見えてきて、ぬるぬるした膜《まく》につつまれた子ネコが、するんと出てきた。ファニはこんども、やさしくくわえて膜《まく》をやぶり、子ネコのぬれた体をなめはじめた。鼻も、口も。

ヤンは、深呼吸《しんこきゅう》をした。

長くて黒っぽいのが、へそのお。一ぴき目が生まれたとき、ヤンははじめて、へそのおというものを見た。ファニは、はしをちょっとだけ子ネコのおなかにのこしてかみ切り、のこりを食べてしまった。見ていたヤンも、思わずごくりとつばをのみこんだ。

ファニは、三びき目の子ネコも、頭からしっぽの先まで、ぬめぬめしたものをぜんぶなめとった。

それから、先に生まれた二ひきのとなりに寝《ね》かせて、だらりと横になった。すこし休むようだ。

ヤンがそのままミシンのまえにすわっていると、アメリーの部屋のドアがあいて、女の子がひとり出てきた。どうしたの？　という顔で近づいてくる。

ヤンは、来ちゃだめ、と手で合図しながら、小声でいった。

「今、ファニが、子ネコを生んでるんだ」

アメリーの友だちは「すごーい」というと、まわれ右をしてもどっていった。きっと、わかってくれたんだろう。そのあとは、だれも出てこなかった。

ろうかにいるのは、ヤンだけだ。すこしして、ファニが頭をあげた。四ひき目が生まれるんだ。さっきとおんなじ。また、せなかをセーターにこすりつけるところからはじまる……。

ファニは、ぜんぶで子ネコを五ひき生んだ。どの子も目はとじたままで、なにも見えない。

生まれたばかりの子ネコは耳も聞こえないことを、ヤンは知っている。でも、ぜんぶ生まれたあとで、つぎつぎに見にきたアメリーの友だちは、みんなしずかに声を出さないようにしていた。

もちろん、アメリーも来た。それからパウリーナが。さいごに、パパとママも。

やがて、みんながいなくなったあとも、ヤンだけは、ミシンのまえから動かなかった。

ママに肩《かた》をたたかれて、「そろそろおりてきて、ごはんにしなさい。ファニは、りっぱにやりとげたわ」といわれるまで、時間もわすれて、むちゅうで子ネコを見ていた。

14　五ひきの子ネコ

その夜は、ベッドに入るのがずいぶんおそくなってしまった。できることならヤンは、ずっとねむらないで、ひと晩《ばん》じゅう、ネコたちのそばにいたかった。

なんてかわいいいんだろう。子ネコはほんとうにちっちゃくて、まだなにもできない。二、三日しないと、目もあかないんだ。

それでも、お乳《ちち》を飲むところは、見ることができた。

どの子もよちよち動いて、いっしょうけんめいファニのお乳《ちち》をさがす。ファニは、体じゅうの力がぬけたみたいに、ごろりと寝《ね》ころがったまま。

五ひきがならんでお乳《ちち》を飲むようすを、パパが写真にとってくれた。

ほんとうは、ファニをだいて、ベッドへつれてきてやりたい。ここがファニのいちばんお気にいりの場所なのだから。

だけど、ファニはもうお母さんになった。子ネコのめんどうを見なくちゃいけないんだ。

ヤンは、ファニをだれかにじまんしたくてたまらない気分だった。

ファニが、子ネコを生むところをちゃんと見せてくれたことも、うれしかった。ママが、「ネコはふつう、人からかくれて子どもを生むのよ」っていっていた。

ヤンはベッドに入って、明かりを消した。でも、またすぐにつけると、机《つくえ》のひきだしから「自然《しぜん》かんさつノート」をとりだした。


「いのちって、きせきだ。きょう、二階の古いミシンの下で、子ネコが五ひき生まれた。思っていたのと、ぜんぜんちがった。ものすごくたいへんで、きれいじゃないものも見た。

どうして子ネコは、すぐに目があかないんだろう。でも、目が見えなくても、ファニのお乳《ちち》をちゃんと見つけていた。

五ひきの体のもようは、ぜんぶちがう。一ぴきはファニとおなじで、鼻の横に黒い点がある。体がまっ白で、白黒のしっぽがくるんとまるまっているのもいる。

ファニが、生むところをさいしょからさいごまで見せてくれたことが、すごくうれしかった。」

ヤンはノートをひきだしにしまって、ペンをケースにもどし、ふとんにもぐって明かりを消した。

胸《むね》の中で、心臓《しんぞう》が、しずかに、でも、しっかりと動いている。ママがドアのむこうでおやすみをいって、もどっていく足音が聞こえた。

あした、いちばんにヨシュに話そう。

ヤンは、またあくびをして、ぐっすりとねむった。

15　ララゾフィーとのやくそく

生きていると、いろんなことがどんどんおこる。もったいなくて、寝《ね》ぼうなんかし

ていられない。

つぎの朝、ヤンは早起きして、はだしのまま、ミシンのまえへとんでいった。寝《ね》ていたファニが、顔をあげる。

ヤンはどきどきしながら、子ネコの数をかぞえた。

「よかった。ちゃんと五ひきいる」

かばんにいれて、学校へつれていきたいな。ちっちゃくて、ふわふわだ！　見れば見るほどかわいくて、すこしのあいだも、はなれていたくない。

そっと子ネコをなでてみると、お母さんのファニは、ヤンがわが子にさわっても、おこらなかった。

ずっと見ていたいけど、学校がある。ヤンは家を出た。

バスに乗ると、きょうも、たまたま、となりの席《せき》にララゾフィーがすわった。

ヤンは、思わずいった。

「子ネコが生まれたんだ。五ひきも」

いちばんに、ララゾフィーにいってしまった！　いつもなら、ぼくから話しかけたりはしないのに。

ララゾフィーは、びっくりした顔でヤンを見つめた。口がぽかんとあいたままだ。

「子ネコ？　五ひきも？　ぜんぶ、ヤンのうちにいるの？」

「とうぜん」ヤンはちょっと肩《かた》をすくめて、ひくい声でこたえた。そして、よく考えもしないで、うっかりきいてしまった。「見たい？」

ララゾフィーは、ますますおどろいて、目をまるくしている。ヤンは、ララゾフィーの目が青色だということに気がついた。アメリー姉さんとおなじ色。

「見せてくれるの？　ぜったい行く」ララゾフィーは、ごくりとつばをのみこんだ。それから、にっこりわらった。「おうちはどこ？　教えて」

ヤンは、うなずいた。これが、大きなまちがいだったのだ。

住所を書いて手わたすと、ララゾフィーがきいてきた。

「いつ見せてくれるの？」

「うーん、きょうの三時は？」

ほんとうは、きょうの午後、じぶんのつごうがいいかどうかさえ、考えていなかった。

でも、ララゾフィーが大きくうなずいて、「ママに、車でつれてって、って、たのんでみる」といったので、気づくと、やくそくしてしまっていた。

ヤンは、まどの外に目をやった。そのとき、道にあいた穴《あな》ぼこのせいで、バスが大きくゆれ、ゴツン！　とガラスにおでこをぶつけてしまった。

「名まえは？　もう、つけたの？」ララゾフィーが、またきいた。

「とうぜん」

バスをおりて、もう、あれこれきかれずにすむ、とほっとしていると、こんどはララゾフィーが、じぶんのポニーのことを話しだした。ヤンはだまって聞いていた。

くつひもがほどけたので、立ちどまると、ララゾフィーもとまって、ヤンが結《むす》びなおすのをまっていた。

校庭に入ると、まちかまえていたラッセが、にやにやしながら声をかけてきた。

「やーい！　ふたりなかよく、たのしそうだなー」

ちぇっ！　ヤンは小さく舌打《したう》ちして、へんじをしなかった。

ところが、ララゾフィーがなかよしの女の子を見つけて、かけていくとき、ヤンにむかって大きな声でいった。

「三時に、ロイター通り九十七番地よね。かならず行く！」

ヤンは、こくりとうなずき、おまけに、にこっとわらいかえした。つい、そうしてしまったのだ。まずい、ラッセに説明《せつめい》しなくちゃ……。

「子ネコを見にくるだけだよ」ヤンはいった。

「へえー、子ネコを見に？」ラッセは、そんなの、だれが信《しん》じるかって顔だ。

「うそじゃないよ。きのう、うちで子ネコが生まれたんだ。生まれるしゅんかんも、ぼくはそばにいて、ずっと見てたんだ」

「ふうーん」ラッセはちょっとおどろいた顔になった。でも、すぐにつづけた。「だから、なんなんだよ。ネコが生まれるのなんか、めずらしくないし、かってにそばで見てればいいだけじゃないか」

ラッセは、ズボンのポケットに手をつっこんで、どうだ、って顔をしている。

ヤンは、くやしかった。ラッセはいつだって、なんでもじぶんがいちばんよく知っていると思ってるんだ。じぶんほどすごいやつはいない、って。ほんとは、なんにもわかってないくせに。はっきりそういってやりたい。

そのとき、校庭のむこうはしを歩いているヨシュが見えた。ヤンは、ラッセにいいかえした。

「えらそうにいうのは、やめたほうがいいよ。だれも、聞いてくれないだろうから」

そして、ラッセに背《せ》をむけて走りだした。うしろでラッセがさけんだ。

「ヤンはいいよな。きみのいうことは、みんな聞くんだから。とくに、女子はぜんいんさ。弱っちいやつの、どこがいいんだろうな！」

16　ヨシュのけんか

ヨシュのおでこに、大きなこぶができていた。赤くはれあがって、てかてかしている。
「か、階段《かいだん》で、やられた。うしろから来た三人に。こっちをにらんだだろ、とかいって」
「ほんとににらんだの？　ただの、いいがかりだよね？」ヤンはきいた。
ヨシュはちょっと口をゆがめて、ぼそぼそいった。

「にらんだとしたって、べつに、法律《ほうりつ》いはんじゃないだろ」

「そうだけど。いちゃもんつけたがるやつもいるんだから、気をつけないと」

「あいつらは、おれのことが気にいらないんだ。こっちだって気にくわないし」ヨシュは、せおっていたかばんをおろし、手に持って、前後にふりはじめた。

「しかえしするつもり？」

ヨシュは、なにもこたえず、まっすぐまえを見て歩いている。かばんのふりはばが、だんだんと大きくなって、ぐるんとふりまわしたから、とうとう、そばをとおりかかった男の子の頭にぶつかってしまった。

男の子は、ちょっとふらふらしてから、どなった。

「気をつけろ！　でっかい腹《はら》ふくらまして、なにやってんだよ！」

「き、気をつけるのは、そ、そっちだろ」ヨシュがつっかえながらいいかえした。

ヤンはあわてて口をはさんだ。

「わざとじゃなかったんだ」

「どうせ、ぼけっとしてたんじゃないの？　デブだし」と男の子。

「だ、だ、だまれ！」ヨシュがおこりだした。

すると、男の子がにやにやしながら、ヨシュのまねをしていいかえしてきた。

「お、お、おまえがだまれよ、デブ。か、か、かばんも、ふりまわすなよ」

ヨシュはかっとなったみたいで、顔をまっ赤にして、あごをつきだした。なぐりかかる気だ！　とっさにヤンは、ヨシュのうでをつかんでささやいた。

「やめときなよ。いいたいやつには、いわせておけばいいんだって。あんなやつ、ほっといて、はやく行こうよ！」

でも、ヨシュはもうとまらない。鼻息をふうふういわせて、男の子に近づき、肩《かた》をつかんでゆすると、さけんだ。

「デブだからって、なんだよ！」

ヨシュは男の子を地面におしたおして、馬乗りになった。男の子はヨシュからにげようと、ひっしにあばれている。

「はなせよ、肉だんご！　のろま！」

ヨシュは、ばたばたもがく男の子に、全身の体重を乗っけて、なぐりはじめた。

「たすけて！　つぶされるう」男の子がくるしそうにわめいている。

ヨシュはおかまいなしに、こんどは髪《かみ》の毛をひっぱっている。

「二度とおれのこと、肉だんごなんていうな。わかったか?」

そばで見ていた女の子が、大きな声でいった。

「はなしてあげなさいよ。あなたのほうが、ずっと体が大きいじゃない!」

ほかの子も口々にいいだした。

「そうだよ!」

「じぶんより小さいやつをなぐるなんて、ずるいぞ」

ヨシュは、もうなにも聞こえていないみたいだ。まだ、なぐろうとしている。

ヤンはヨシュのうでをつかんで、きっぱりといった。

「ヨシュ、もうやめろよ! どうかしてるよ。なにやってんだよ!」

ヨシュがヤンの顔を見つめた。ヨシュのこんな顔を見たのは、はじめてだ。

ヤンはいっしゅん、じぶんもなぐられるんじゃないかと思った。でも、ヨシュは男の子をつかんでいた手をはなし、ゆっくりと立ちあがった。男の子がたおれたまま、くやしまぎれにヨシュをけとばしたのに、よけようともしない。

ヨシュは、だまってそのまま行ってしまった。ヤンのほうを、ちらりともふりかえらないで。

17　ぼくは友だちだよ

ヤンはその日、休み時間になるとすぐ、ヨシュのそばへ行って、話しかけた。

「さっきは、ヨシュをたすけたかっただけなんだ。それだけは、わかって！」

ヨシュはうなずいただけで、しばらくぼーっとしていた。それから、色えんぴつの箱とえんぴつけずりをとりだして、「も、もう、いいって」と立ちあがると、教室のすみのゴミ箱のところで、えんぴつをけずりはじめた。

「ちっともよくないよ」ヤンは追いかけていって、「それに……」といいかけ、すこしまよってから、思いきっていった。「知らせたいことがあるんだ」

ヨシュは、けずった赤えんぴつをよく見て、箱にしまうと、つぎは、青えんぴつを出してけずりはじめた。

「ヨシュに見せたいものがあるんだ。ぼくんちで」ヤンはだまった。きっと、見せた

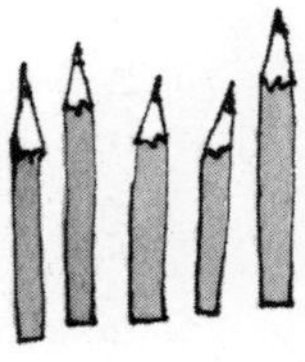

いものってなに？　ってききかえしてくるだろうと思ったのだ。

でも、ヨシュはやっぱりだまったまま、こんどは黄色とオレンジのえんぴつをけずっている。そばにだれもいないみたいに。

「ぼくは友だちだよ」ヤンは、ぽつりといった。「わかってくれてるよね」

ヨシュは顔をあげて、けずったえんぴつをながめながら「知ってる」といった。

ラウ先生が教室へ入ってきたので、ふたりは席《せき》についた。

ヤンはくちびるをかんで、考えた。

友だちはヨシュひとりってわけじゃない。レオンやモーリッツとも気があうし、いっしょにあそぶのはたのしい。だけど、ヨシュとはぜんぜんちがう……。

ヤンはメモ用紙をとりだすと、「見せたいものがあるんだ。すごくかわいいんだよ。うちに来ない？」と書いて小さくたたんだ。それから、おもてに「ヨシュへ」と書きこんで、となりの机《つくえ》におくと、「まわして」とラッセにささやいた。

ラッセはにやっとわらっただけで、だれにあてたメモなのか、見ようともしない。

「放課後《ほうかご》がまちどおしいんだろ？　きみもララゾフィーも」

「かんけいないよ。よけいなこといってないで、はやくして」ヤンは、いらいらしていった。

「はやくって？」ラッセの声がすこし大きい。

「紙をまわすんだよ、決まってるだろ」

ラッセは、ヤンがあせっているのをおもしろがっているのだ。

「ないしょの話が書いてあるとか？」

いいかげんにしてよ！　ヤンは、ラッセの鼻を一発なぐってやりたいと思った。

そのとき、まずいことに、ラウ先生に気づかれてしまった。

「そこのふたり、どうした？　わからないことでもあるのか？」ラウ先生は、よくみんなにこうして声をかけてくれる。やさしい先生だ。でも今は、ほっといてほしい。

「なんでもありません」ヤンはへんじをして、横目でラッセを見た。たのむから、へんなこといわないでよ……。

「なんでもありません」ラッセはおとなしく、ヤンとおなじへんじをした。あとでつげ口したっていわれるのは、いやなんだろう。

でも、ラッセの目は、意味ありげに机《つくえ》の上を見ている。よけいなことばかりいって、まだまわしていなかった、ヨシュあてのメモを。

ラウ先生は、見のがさなかった。

「おや？　そこにあるのはなんだ？」先生がこっちへ、一歩ふみだした。

ヤンは、息をとめた。あれはヨシュに書いたんだ。ほかの人には見せたくない。たとえ、やさしいラウ先生でも。

ヤンは、ぱっとメモをつかんで、ポケットにかくした。心臓《しんぞう》が、のどからとびだしそう。

「おや、どこかへ行っちゃったな」とラウ先生。

息がくるしい。となりでラッセが先生になにかいいかけて、やめた。ラウ先生がうなずいて、授業《じゅぎょう》のつづきをはじめたからだ。

ヤンは、もうすこしでラッセのすねをけとばすところだった。

おい、ラッセ、ラウ先生が話のわかる先生で、ラッキーだったんだぞ！

その日の授業《じゅぎょう》がおわると、ヤンはヨシュのところへとんでいって、「これ」とメモをわたした。ヨシュはうけとって、読まずに、さっさとズボンのポケットに入れてしまった。

おでこに大きなこぶのできたヨシュは、なんだかかなしそうに見える。ヨシュはなにもいわず、帰っていった。

「かならず読んでね！」ヤンはヨシュにむかってさけんだ。それから、ため息をついて、教科書をかばんにしまった。

けさは、ヨシュのためを思ってけんかをとめたんだ、ってことを、わかってもらわなくちゃ。そのためには、ちゃんと説明《せつめい》したいのに。もしかしたら、こぶのせいで頭がどうかしちゃってて、なにも考えられないのかも。

話を聞いてもらう以外に、どうすればわかってもらえるだろう……。ほかに、なにも思いうかばなかった。

18　ララゾフィーが来た

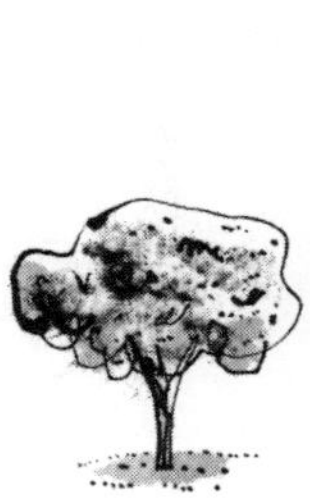

家に帰ると、気分もすこしよくなった。ヨシュだって、落ちついたら、きっと話を聞いてくれるだろう。ヤンは、はやく宿題をおわらせてしまおう、と思いなおした。

さっさと宿題をかたづけると、ろうかへ行って、またミシンのまえにすわった。

子ネコたちの目は、まだとじたままだ。でも、きのうより、もっとかわいくなった気がする。

五ひきはくっつきあい、もぞもぞとファニのお乳《ちち》をさがしていた。ファニはごろりと横になったまま、うす茶色の子ネコを鼻でつついて、ちゃんとお乳《ちち》が飲める位置《いち》になおしてやった。ペッピーナという名まえに決まっためすの子ネコだ。

今ファニがなめている、まっ黒なおすの子ネコがフリッツィ。アメリーがつけた。足を持ちあげてたしかめてから、にっとわらって「おすだからね」と。

もう一ぴきのおすはフランツで、あとの二ひきのめすが、ノリーナとフロレンティーナ。

きょう、この子ネコたちを見にくる子がいる。ぼくとおんなじように、子ネコが大すきな女の子。

ララゾフィーが来る。さっき電話が鳴ったとき、ヤンはすぐに受話器《じゅわき》をとって、「こっちは予定どおりで、だいじょうぶだよ」とへんじをした。

ヤンはミシンのそばをはなれて、まどべに立った。ろうかのこのまどから、右のほうに道が見える。

今、車の音がしなかったかな……。

やくそくした三時は、まだまだなのに、ヤンはつま先立ちして首をのばし、まどの外をのぞいてみた。

「あら、だれかをまってるの？」

びくっとしてふりむくと、アメリーが立っていた。いつのまに来たんだろ……。ヤンはあわてた。

「ちが……わないけど、しょうがないだろ」

「しょうがないって、なんのこと？」アメリーは、なんかあやしいって顔で、こっちを見ている。

ヤンは、どうこたえたらいいのかわからなくなって、肩《かた》をすくめた。まずいことに、顔がまっ赤になっているのがわかる。

なんで赤くなるんだ、そんな理由なんかないのに。へんに思われちゃうじゃないか。

「あの子は子ネコを見にくるだけだよ」ヤンはもごもごいって、さっさとまどからはなれて、じぶんの部屋へ行こうとした。うしろで、アメリーの大きな声が聞こえた。

「ヒュウヒュウー！　あの子は子ネコを見にくるだけだよ、だって。なんか、いい感じじゃなーい？」

……アメリーのやつ、こてんぱんにやっつけてやる！

でも、アメリーは、もうおとなだから、とっくみあいのけんかはしない。ヤンがいくらかっかしても、おかまいなしだ。

すぐに、ママもパウリーナもいっしょになって、「だれが来るの？」ときいてきた。

そしてヤンが、「ララゾフィーが来るんだ」というと、三人とも、なにかいいたくてたまらなそうな目をして、じいっとヤンの顔をのぞきこんだ。

なんなんだよ、ララゾフィーがだれかも知らないくせに！

ヤンはじぶんでも、ララゾフィーが来るのが、うれしいのかうれしくないのか、よくわからなくなって、何度も階段《かいだん》をのぼったりおりたりした。

でも、この子ネコたちは、ぜったいにじまんできる。もちろんファニも。さいこうのお母さんだもの。ほかにこんないいお母さんネコはいないんじゃないかな。かわいくて、やさしくて、強い。

ときどきじぶんの部屋に入って、ねんのために、本棚《ほんだな》の本をならべなおしたり、ノートを重ねてそろえたりした。石のコレクションも、ほこりをきれいにふいておいた。

三時。げんかんのチャイムが鳴った。

ヤンはすっとんでいって、ドアをあけた。

「こんにちは」ララゾフィーがいて、うしろにお母さんも立っていた。

でも、お母さんはにこにこしながら「わたしはここで失礼《しつれい》するわ。ちょっと、用事があって」というと、すぐに車へもどっていった。

「これ、どうぞ」ララゾフィーは、ウエハース菓子《がし》のふくろをさしだした。

ヤンはうけとって、ズボンのポケットにしまいながら、階段《かいだん》を見て、いった。

「入って。二階の、古いミシンの下にいるんだ」

ララゾフィーはちょっとはずかしそうにしながら、ヤンのうしろをついてくる。

「あたし、生まれたばっかりの子ネコって、はじめて見る」

ヤンはなにもいわなかった。階段《かいだん》をあがりかけたとき、ママがキッチンから出てきて、ララゾフィーとあくしゅをした。

「ヤンとおなじクラスなんですって？」とママ。

ララゾフィーはうなずいた。

「いつも算数を教えてもらってるんです」

「あら！」

ヤンはママに、もういいからあっちへ行ってて、と目で合図した。ママはわかってくれたのか、ラゾフィーになにもきかなかったし、ヤンにもよけいなことはいわなかった。

でもこんどは、二階でドアがあく音がして、アメリーが階段《かいだん》の手すりから顔をのぞかせた。

「お客さま？」

「あのさ、お姉ちゃんのお客さんじゃないから」ヤンはいった。

「そうみたいね！」アメリーはさっきとおなじ目をした。

それからパウリーナまで出てきたので、ヤンはあわててラゾフィーの手をひっぱった。

「ネコはこっち」

二階のろうかを歩いて、ミシンのまえまで行くと、ヤンは、ここから先はとくべつな世界なんだ、という感じで、大げさに話しだした。

「おどろかないでね。まだ、すごーくちっちゃくて、目もあいてないんだから……」

それに、耳だって聞こえないんだよ、といおうとして、だまった。ララゾフィーが、もう息をとめて、目をかがやかせていたからだ。

しずかにしゃがんだララゾフィーは、ミシンの下をのぞきこむと、小声でいった。

「かわいい！　いままで見たものの中で、いちばんかわいい！」

ね、ね、そうだろう？　ぼくもそう思うんだ！　ヤンは、さけびそうになった。

「さわってもいい？」ララゾフィーがきいた。

「そっとだよ」

ヤンは、ララゾフィーがペッピーナをだきあげるのを手伝ってあげた。ノリーナ、フリッツィ、フランツ、さいごにフロレンティーナも。

ララゾフィーは五ひきをそうっとだきしめると、子ネコたちの顔にキスをした！

あっ……。ぼくだって、まだ子ネコにはしてないのに。

でもヤンは、やめてとはいわなかった。それから、一ぴきずつ、ふたりで子ネコをファニにかえした。

「いいなあ、ヤン」ララゾフィーがため息をついた。

「うん……」

五ひきはおしあったり、ミャアミャア、チイチイ鳴いたりして、ファニのお乳《ちち》をさがしはじめた。ふたりはだまって、そのようすをながめていた。

ファニは横になってじっとしたまま、お乳《ちち》を飲ませている。

ヤンは、子ネコがずっとこのままだといいなあ、と思いながら、五ひきを見ていた。

しばらくして、げんかんのチャイムが鳴った。はっとしてとなりを見ると、ララゾフィーはまだむちゅうで子ネコを見ている。

「あたしが出る」と、アメリーの声。また一階で、男の子からの電話をまっていたんだろう。

げんかんで声がしたあと、階段《かいだん》をのぼってくる足音が聞こえてきた。

つづいて、聞きなれた声も。

「おれ、ヤンが見せたいもの、わ、わかっちゃった。か、賭《か》けてもいいぞ」

ヨシュの声だ！　ヤンはびっくりして、とびあがりそうになった。

とまれ！　とヨシュに大声でさけびたい。来ちゃだめ、ぜったいに、かんちがいする！

今すぐ透明《とうめい》人間になりたい。それがだめなら、ララゾフィーを魔法《まほう》で消しちゃいたい。ここにララゾフィーがいること、どうやって説明《せつめい》するんだ？

「ヨシュ、来たんだね」ヤンは階段《かいだん》のほうをむいて、子ネコたちをおどろかせないように、声をおしころしていった。

「うん、メモを見たから……」そういいながら階段をあがってきたヨシュは、すぐに「あれ？」という顔になった。ララゾフィーをじいっと見ている。

「そういうことか。じゃましちゃったね」

「なにいってるの」ヤンはあわてていった。どっと汗《あせ》がふきだしてくる。こっちこっち、とヤンはヨシュのうでをつかんで、ミシンのまえへひっぱってきた。

「かわいいでしょ？　きのう、生まれたんだ。ほんとはいちばんに見てほしかったんだけど、見たくなさそうだったから……」

「今は見たい」ヨシュはぼそっといって、しゃがんだ。それから「だから、来たんだ」とつぶやいた。

19　サクランボの木の上で

午後の時間がすぎていった。ララゾフィーはずっといたけど、ヨシュは先に帰ってしまった。

はじめ、ヨシュは、すぐとなりにいるヤンの顔を見て、そのむこうのララゾフィーにちらっと目をやり、子ネコを見た。それから何度か、おなじことをくりかえした。どうしよう……。ララゾフィーがいつまでもここにいるのは、まずいよな。だからって、きゅうにララゾフィーに「じゃあ、きょうはこれくらいで。わるいけど、ママがむかえにくるまで、げんかんのまえでまってて」なんて、いえないし……。

「見て。ねむりながら、おっぱい飲んでる」ララゾフィーは、子ネコにむちゅうだ。

やがて、五ひきがたがいにぴったりくっついて、気持ちよさそうにねむってしまうと、ヨシュが立ちあがった。

「うん、子ネコはさいこうにかわいかった。じゃ、またあしたな」

「えっ、もう帰っちゃうの？」ヤンも、あわてて立ちあがった。

「やることがあるんだ」

「やることって？」

ヨシュの顔がくもった。

ララゾフィーがいるまえでは、これ以上《いじょう》はきけない。ヤンはだまりこんだ。

「じゃ、またな」とヨシュ。

ヤンは、心の中でさけんだ。

ほんとうは、ききたいことがたくさんあるのに。階段《かいだん》でうしろから来たやつらって、だれ？　にらんだっていわれたんだよね？　ヨシュはそんなことしてないのに。

でも、ヤンは「うん、また」とだけいうと、ズボンのポケットに手をつっこんで、ちらっとララゾフィーを見た。それから、ごめんね、という顔でヨシュを見つめた。

わかってくれるよね、ヨシュ。ララゾフィーは、たまたま来てるだけだよ。バスでとなりにすわったから。ぼくがたすけてあげないと、落第《らくだい》しちゃうかもしれないんだ。

ヨシュは、ポケットからなにか出して口にいれ、階段《かいだん》をおりていく。

「またね、ヨシュ」

あわててもう一度よびかけたけど、ヨシュはだまってうなずいただけで、行ってしまった。

ヤンは、ララゾフィーとろうかのまん中につっ立ったまま、げんかんのドアがしまる音を聞いていた。ララゾフィーはくちびるをかんで、なにか考えている。

ヨシュ、ごめん……と、ヤンは心の中でつぶやいた。それから、ララゾフィーにきいた。

「外へ出てみない？　でも、そのかっこうじゃ、木登りできないかな」

ヤンは、ララゾフィーのワンピースのすそを見ていった。

……なんで、こんなこといってるんだろ。木登りはたのしいけど、いつも、ひとりでしてるじゃないか。

ヤンは、ララゾフィーを庭へつれていって、物置《ものおき》にあるこわれたモペット（ペダルつきオートバイ。自転車とオートバイがいっしょになったような乗り物。）を見せた。

「将来《しょうらい》、パパになおしてもらって、乗ろうと思ってるんだ」

「ヤンが乗るの？」

「とうぜん」

どこがこわれていて、どうやってなおすのかも、説明《せつめい》したほうがいいかな、とヤンが考えているうちに、ララゾフィーは、さっさと花だんのほうへ行ってしまった。何度もこっちをふりかえっては、花を指さして、「これはなに?」ときいてくる。

「ビロードアオイ。レモンバーム。そっちはミニパプリカ」ヤンはすらすらとこたえた。算数だけじゃなく、植物だってくわしいんだ。

ララゾフィーは、サクランボの木の下に立つと、うれしそうに枝《えだ》を見あげていった。

「わあ、実がたくさんなってる」

「でも、まだ、食べられないんだ。今食べたら、おなかをこわしちゃう」

木登りは、先にララゾフィーを行かせてあげた。なんといっても、お客さまだ。お客さまのお目あてはヤンじゃなくて、子ネコだけど。

ララゾフィーは木登りがじょうずだった。あっというまにするするのぼって、高いところの枝《えだ》にこしかけている。

「すっごく気持ちいい!　サクランボも、たくさんなってる」

「知ってるよ」ララゾフィーの、ブルーに白い水玉もようのパンツがまる見えだ。

「でも、とっちゃだめだよ。まだ食べられないんだから」

「じゃあ、また来なくちゃ。来ていいなら、だけど」

枝《えだ》をつかんでいたヤンの手が、すべりそうになった。

「うん、もちろん……こんどまた、見てみようよ」

「それにね、あたし、あの子ネコたちが、だーいすきになっちゃった。もちろん、ファニのことも」

「うん、わかるよ。ぼくもそうだから」

ヤンはけっきょく、木のてっぺん近くのララゾフィーがいるところまでのぼっていった。そして、ふたりならんで、葉っぱのあいだから牧草地《ぼくそうち》をながめた。

ブナの木のそばに、雌牛《めうし》が見える。空高く、鳥がつばさを広げて、ゆったりと輪《わ》をえがいていた。

ふいに、ララゾフィーがささやいた。

「すてきね、ここ。こんなすてきなところがあるなんて、知らなかった」

20　もうすぐ手術《しゅじゅつ》

このごろ、ママがカレンダーを見る回数がふえてきた。それも、だいじなことを考えているときの目で。

ヤンも、もうわかっていた。ママのようすがへんだからというだけじゃなく、病院へ行ったときにバウマン先生に、そろそろですね、といわれたからだ。

こういうときを、なんていったかな。アメリーがいうのを聞いたけど、わすれてしまった。とにかくまた、いろんなことがいつもどおりじゃなくなる毎日がはじまったのだ。

家族はみんな、はじめてじゃないから、おろおろしたりはしない。でも、ヤンはちょっぴり不安《ふあん》だった。

気がつくと心臓《しんぞう》のことを考えている。とくん、とくん、と動いている心臓《しんぞう》が気になってしまう。

胸《むね》をひらいて手術《しゅじゅつ》をするとき、ヤンは麻酔《ますい》をかけられて、何時間もねむったままだ。そのあいだは器械《きかい》が心臓《しんぞう》のかわりをし、血液《けつえき》が管《くだ》をとおってヤンの体に流れてくる。

知っているけど、想像《そうぞう》はしたくない。なにもかも、ヤンが見ていないうちにおこることだ。

ママやパパでさえ、手術《しゅじゅつ》がおわるまでは、ろうかでじっとまつか、カフェテリアへ行くしかない。そんなときにコーヒーを飲んでも、ちっともおいしくないだろうけど。

ママたちもつらいんだってことは、ヤンもわかっている。長い時間、ただ、まっているしかないのだから。

手術《しゅじゅつ》の日が近づくにつれて、家族全員が、すこしずつきんちょうしはじめる。きんちょうしているのがいちばんよくわかるのは、ママだ。ママは、うまくかくしているつもりだろうけど、いつもよりわらい声が大きい。アメリーがまた馬の話を持ちだして、「学校をやめて、ちゃんとした厩舎《きゅうしゃ》で乗馬をやりたいの」といっても、うなずくだけだ。

「ママったら、あたしの話、ぜんぜん聞いてない！」アメリーはもんくをいってから、すぐにつけくわえた。「しょうがないか。いまは『非常時《ひじょうじ》』だからね」

家族のみんなが、手術以外《しゅじゅついがい》のことはどうでもよくなるのが、ヤンはいやだった。きゅうに、ほかのことはだいじじゃなくなるなんて、へんだ。

パパだって、会社で頭にきた話をすればいいのに。新しい会社が見つからなくても、今すぐやめてやる！っていいそうなくらい、パパのストレスはたまっている。

それでも、がまんして、なにもいわない。

いつもはキッチンの床《ゆか》にお皿を落っことしたりすると、お皿をどなりつけたりするパパが、きょうはにこにこして、大きなピザを買って帰ってきた。

ヤンたちはみんな大よろこびして、おなかがはちきれそうになるくらい、ぱくぱく食べた。いつも「やせなくちゃ！」といっているパウリーナも、「きょうはとくべつだから、いいの」と、すきなだけほおばり、ぺろぺろと指までなめていた。

その夜、ヤンはなかなかねむれなかった。ピザを食べすぎたのかもしれない。

夜中にこっそりとトイレに起きたとき、階段《かいだん》の上で、パパとママの話し声が聞こえてきた。

ヤンは立ちどまった。ヤンのことがしんぱいで……といっていたから、つい、聞き耳を立ててしまったのだ。

「しんぱいしなくていいよ。はじめてってわけじゃないんだからさ」って、いいにいこうかな……。でも、ねむくなってきちゃったし、あしたも学校がある。

ヤンは、まっすぐベッドにもどった。そのくせ、すぐにはねむれなくて、そのあとは、めちゃくちゃな夢《ゆめ》を見た。朝にはもう思いだせなかったけど、夢《ゆめ》の中であばれて、ひっしに走っていた気がする……。

ヤンはいそいで洗面所《せんめんじょ》へ行き、歯をみがいた。

ママはぼさぼさの髪《かみ》の毛《け》のまま、ガウンを着て、ねむそうな顔で朝食の用意をしていた。いれたてのコーヒーがいい香《かお》りだ。

服に着かえると、ヤンは、ファニと子ネコのようすを見にいった。

フリッツィをだきかかえて、ようやくあいた目をのぞきこむ。

フリッツィは、青い目で、まだあたりをぼーっと見ているだけだ。子ネコの目の色は、これからまたかわるはずだ。

フリッツィが四本の足でヤンの胸《むね》をさぐりだした。おっぱいがほしいの？　ぼくにはないぞ。ヤンは、フリッツィのふわふわの毛に、ふーっと息をふきかけた。

「おい、朝ごはんがまだなのか？」

フリッツィは、小さな耳をぴくんと立てて、ミャーと鳴いた。そのとき、ヤンのおなかのあたりがつめたくなった。

「あーっ、なにすんだよ！」あわててフリッツィを持ちあげたけど、もうおそかった。ヤンのポロシャツには、大きなしみができている。

ヤンは、フリッツィをファニにかえしながら、いった。

「こら、ちゃんとしつけないとだめじゃないか」

ファニは頭でヤンの手をつついてきた。なでて、といっているのだ。

「これでも、なでてもらえるつもり？」シャツのしみを見せているのに、ファニは見ようともしない。

また、着かえなくちゃ！　部屋へいそぐとちゅうで、ちょうどろうかへ出てきたアメリーに会った。ファニとちがってアメリーは、すぐにシャツのしみに気づいた。

「あーあ、やられちゃった？」アメリーは、にやっとわらった。

「うん。フリッツィに」とヤン。

「よかったじゃない！　子ネコのおしっこは、幸運をよぶのよ。知らなかった？」

21　休んだヨシュ

それから数日たったある日、ヨシュが学校に来なかった。

ラウ先生が、みんなにきいた。「ヨシュは病気かな？　だれか、聞いてないか？」

先生は教室を見わたして、目があったヤンにたずねた。

「ヨシュは、なにかいってなかったか？　お母さんからも、連絡《れんらく》がないんだが」

ヤンは、なにも知らなかった。ヨシュは、あれからずっとヤンをさけていて、子ネコのことも、ききにこなかったのだ。

ヨシュはどうかしてるよ、とヤンは思っていた。いったい、どうしておこってるんだろう。ヨシュ以外《いがい》はうちによんじゃいけない、なんて決まりは、ないんだ。

「放課後《ほうかご》、宿題を持って、ヨシュのうちへ行ってみます」ヤンは先生にいうと、くちびるをかんだ。もしかしたら、ほんとうに病気なのかも。ちがうかもしれないけど。なにかあったのは、まちがいない。

「そうしてくれると、たすかるな。たのんだよ」ラウ先生がいった。

ヤンはうなずき、ララゾフィーがこっちを見ているのに気づいて、あわてて目をそらした。いっしょに行くっていわれたら、こまる。

ヨシュが病気かもしれないってことは、ママには、ないしょにしておこう。うつるといけないっていって、行かせてくれないだろうから。

ヨシュになにがあったのか、たしかめなくちゃ。ひょっとしたら、ぼくに来てほしいと思っているんじゃないかな。

ヤンはじりじりしながら、放課後《ほうかご》になるのをまった。

きょうはラッセがあまりよけいなことをいわず、感じがよかった。ララゾフィーはけっきょく話しかけてこなかったので、ヤンはほっとした。

ようやく学校がおわると、ヤンはいそいでうちへ帰って、昼ごはんを食べはじめた。

ママがきいた。

「きょうの宿題はなに？」

「国語と、算数がすこしだけ。それで……」ヤンはごくりとつばをのんだ。うそをつくしかないときでも、うそはとくいじゃない。「ヨシュが、教えてほしいんだって」

声がちょっとへんだったかも。ヤンは、ちらっとママの顔を見てから、あわててつづけた。

「算数の宿題で、なんとなく、わからないところがあるみたい」

ヤンは、もうおなかがいっぱいなのに、ゆでたじゃがいもをもうひとつとった。

「なんとなくわからない？」ママはヤンのことばをくりかえした。顔をあげなくても、ママがこっちを見ているのがわかる。「そう……。ヤンは、クラスぜんいんに算数を教えてあげるつもりなの？」

「そんなわけないよ……」グラスに半分のこっているアップルジュースをぐいっと飲んで、口の中のじゃがいもをのどに流しこむ。「でも、親友がこまってるときは、たすけてあげなくちゃ。行ってもいいよね？」

ヤンは思いきって、ママの顔を見たけど、すぐに下をむいた。ママは、まだなにか、ききたそうな顔をしてる……。でも、ママはいってくれた。

「どうしてもっていうなら、いいわ。やるなら、きちんとやりなさい。いいかげんな答えを教えたりしちゃだめよ」

「とうぜん！」ヤンは立ちあがって、じぶんの部屋へとんでいき、出かける用意をした。ヨシュにわたす宿題のプリントも、小さなリュックに入れた。

階段《かいだん》の下では、アメリーが電話中だった。

「おしり、ひっこめてよ。じゃまで、とおれないじゃないか」

「えっ、なあに？　よく聞こえなかったわ」アメリーは、ヤンを無視《むし》して、にこにこと受話器《じゅわき》にわらいかけている。

ぼくには、かんけいないや。ヤンは、むりやりアメリーのうしろをとおりぬけ、いそいでスニーカーをはくと、ジャンパーとヘルメットをさっとつかみ、げんかんをとびだして、自転車にまたがった。

とつぜん行ったら、ヨシュはおどろくだろうな。

「届《とど》けものだよ。きょう、休んだからさ」っていおう。

ヤンは牧草地《ぼくそうち》のわきの道を走りだした。草のにおいがする。風があったかい。

ふいに、ヨシュは家にはいないような気がしてきた。

ヨシュはしょっちゅう、いろんなところをぶらぶらしている。川のそばや住宅街《じゅうたくがい》の中、古い工場、よくバスケをしてあそぶ、廃校《はいこう》になった学校の校庭。

さがしながら行くことにしよう。

そう思ってペダルをぐっとふみこんだとき、せなかのリュックの重みを感じて、あまりたのしくないことを思いだしてしまった。中には宿題のプリントが入っている。ヨシュがだまって学校を休んだことを思うと、また腹《はら》が立ってきた。

ヨシュとはちゃんと話をしなくちゃ。わからないところがあるっていったら、算数の宿題をいっしょにやろう。

ヤンは、中くらいのスピードで、ペダルをこいだ。上り坂になると、サドルからおりて自転車をおし、のぼりきると、また走った。

住宅街《じゅうたくがい》に入ったところで、右へまがると、信号《しんごう》をまっているネズミばあさんが見えた。信号《しんごう》は、まだ赤だ。ヤンはスピードを落として、とまった。

「ちょっと、今何時だい？」気がつくと、ネズミばあさんが、すぐそばに来ていた。何週間もおふろに入らず、百回はおもらししたようなにおいがする。

ヤンは息をとめた。それから、さっと腕時計《うでどけい》を見て、こたえた。

「二時四十五分」

ネズミばあさんは、いきなりヤンのうでをぎゅっとつかむと、いった。

「そうだろうと思ってたよ。ぼうや、よーくお聞き。あたしをだまそうたって、そうはいかないんだ。うそなんかついたら、ひどい目にあわせるからね。わかったかい？」

それから、顔をぐっと近づけてきて、黒い目でヤンをにらみつけた。すごくこわい目つきだし、まえ歯も何本か、なくなってる。

「う、うん」ヤンはあわててへんじをすると、ネズミばあさんの手をふりはらおうとした。

そのとき、白髪《しらが》だらけの長い髪《かみ》の毛《け》が、うでにぺたっとふれ、ヤンは思わず手をひっこめた。

「ぼく、もう行かないと」信号《しんごう》は青にかわっている。

「あたしをおいていくのかい？　おいてけぼりは、ゆるさないよ」

いきおいよくペダルをこぎだしたとたん、道をわたってきた女の人にぶつかりそうになった。

「どこ見てるの、気をつけてよ！」

女の人がどなったけど、ヤンはかまわず走って右にまがり、それから左へまがって、クロイツァー通りをわたった。

あとは息が切れるほどむちゅうで自転車をこぎ、高層団地《こうそうだんち》のまえまで来ると、ようやくほっとして、自転車をおりた。

22 高層団地《こうそうだんち》

ヨシュが住んでいるのは、団地のいちばんはしにある8E棟《イーとう》だ。
ヤンは、自転車置《お》き場《ば》のさびついたスタンドに自転車をとめた。となりの棟《とう》とのあいだにある原っぱで、子どもたちがあそんでいる。よそ見をしていた女の子にボールがあたり、泣《な》き声《ごえ》がコンクリートの高いかべにぶつかって、ひびいた。
8E棟《イーとう》の入り口のまえには、大きなゴミ収《しゅう》集車《しゅうしゃ》がとまっている。ヨシュのすがたは、見あたらない。

入り口の外に、ずらりとならんだオートロックのよびりんボタンから、ヨシュの家をさがした。

ヨシュの名字はバイエル。部屋は十四階。……これだ。

ヤンがボタンをおそうとしたとき、中からちょうど男の人が出てきて、声をかけてきた。

「ここに用があるのかい？」

ヤンはうなずいて、男の人といれちがいに、小走りで中へ入った。

うす暗いロビーでエレベーターをまっていると、はるか上のほうから、男の人と女の人の話し声が聞こえてきた。目のまえのドアのすきまから、エレベーターのロープが見える。もうすぐ来そうだ。

上りのエレベーターに乗ったのは、ヤンひとりだった。背《せ》のびしても、八階のボタンまでしか届《とど》かない。のこりは階段《かいだん》で行くしかないな。だいじょうぶ、のぼれるさ。

古いエレベーターは、ガタガタと音を立てて動きだした。何階にいるのかをあらわす数字が、ひとつずつふえていく。

まさか、きゅうにとまったりして……。ヤンは、非常《ひじょう》ボタンの場所を目でたしかめた。

とちゅうでだれか乗ってきたら、いやだな。アキとか、フィルとか。ふたりいっしょとか。そういえば、さいきん、ふたりを見かけていない。

六階でエレベーターがとまった。どきどきしながら、ドアを見つめていると、乗ってきたのはトルコ人の女の人だけだった。女の人は八階でおりるまえに、しんせつに、「どこ、行くの？」ときいてくれた。

でも、こたえてもドイツ語をわかってもらえなかったので、指で「一」と「四」を出して見せると、女の人はにこっとわらって、十四階のボタンをおしていってくれた。

ヤンは、ヨシュが住んでいる部屋のドアのまえに立った。

ふしぎなくらい、しんとしている。大きく息をすって、チャイムをおすと、じっと耳をすました。

人のいる気配がしない。中でだれかが、ドア穴《あな》から外をのぞいてもどっていくような音も、ささやき声も聞こえない。もう一度チャイムをおしてみた。

それから、リュックをおろし、宿題のプリントを出そうとして、やめた。

ヨシュが学校を休んだのには、とくべつなわけがあったんじゃないかな。だれにもないしょの理由で、お母さんも知らないのかも。ヨシュのお母さんはときどき、一日か二日、いなくなることがある。行き先をいわずに出かけて、行った先で、とつぜん用事ができるらしい。きゅうに赤ちゃんのおもりをたのまれて帰れなかった、とか。

ヨシュは、うちの電話がこわれているから、母さんは連絡《れんらく》してこられないだけだ、という。

母さんはだいじなお届《とど》けものがあって出かけたんだ、ということもある。「ないしょのだいじなお届《とど》けもの。むすこのおれを守るためなんだ。おれはちゃんとわかってるし、もう赤んぼうじゃないから、どうってことない」って。

ヤンはメモ帳を出し、一枚《まい》やぶって手紙を書いた。

「ヨシュへ
元気？　来てみたけど、るすだった。会いたいんだ。友だちのヤンより」

しゃがんで、ドアの下のすきまからメモをすべりこませてから、もう一度耳をすましてみた。聞こえてくるのは、はるか下の原っぱであそんでいる子どもたちの声だけ。女の子はもう泣《な》きやんだみたいだ。

何段《なんだん》も、何段《なんだん》も、ぐるぐると階段《かいだん》をおりていくうちに、ヤンは、目がまわりそうになった。

23　なかなおり

団地《だんち》を出たヤンは、自転車で、ネズミばあさんのいた広場へもどってみることにした。またあのおばあさんにばったり会ったらどうしよう、と思いながら。

ほんとに気味のわるいおばあさんだ。近づいた人はみんな不幸《ふこう》になるって、クラスにも、そういってる子たちがいる。

でも、信号《しんごう》のところにも、広場にも、ネズミばあさんはいなかった。たくさんのハ

トと、ハトにエサをあげている女の人がいるだけだ。

「そういう人は、ハトがおなかすかせているから、エサをあげなくちゃいけないと思いこんでいるけど、よくないことなんだよ」ってパパがいってたっけ。あとでパパに知らせなくちゃ。

となりのクラスの子がふたり歩いていたので、ヤンは手をふった。

ヨシュを見かけなかったかきいてみようかな？　……ううん、やっぱりやめておこう。ヤンは、そのまま自転車をこぎつづけた。

ヨシュが病気で寝《ね》てるんじゃなくて、外をぶらぶらしているらしいってことは、だれにもいわないほうがいい気がする。ひょっとして、川に行ったのかも。

ヤンは、もう使っていない古い校舎《こうしゃ》のまえをとおりすぎた。このごろ、校舎《こうしゃ》の中は、絵かきや彫刻家《ちょうこくか》のアトリエになっている。むかし校庭だったところで、ヤンたちがバスケットをしてさわいでも、その人たちはぜんぜんおこらず、絵をかいたり、石で像《ぞう》を作ったりしている。立っている人や、だきあっているふたりの像《ぞう》だ。

きょうもバスケをしている子たちがいて、よびかけてきた。

「おーい、ヤンも入れよ！　ひとり足りないんだ！」

「今、いそがしいから!」ヤンはだめだと合図して、住宅街《じゅうたくがい》のまん中を流れる川にそって走りつづけた。

このあたりの岸には、一メートルくらいの高さのイラクサがびっしりはえていて、水ぎわまでは近づけない。

ヨシュがいそうな場所なら、ヤンには、だいたいわかる。たいていほかの人には見当もつかないような場所だ。たまに、ヤンでも見つけられないことがある。

いつだったか、どこをさがしてもいなかったのに、とつぜん、ヤンの目のまえにあらわれて、もったいぶった顔でポケットから紙切れをひっぱりだしたことがあった。なにが書いてあるのかもわからないくらい、ぼろぼろになった古い紙切れ。

ヨシュは、うれしそうにいった。「これ、ぞくぞくしないか? おれにはわかる。きっと、この紙には、たからもののありかが書いてあるんだ。おれたちで見つけよう」

住宅街《じゅうたくがい》をぬけると、牧草地《ぼくそうち》が見えてきた。ヤンはヨシュをさがしながら、ぐんぐんペダルをこいで、川ぞいの道を走った。

この川のことは、授業《じゅぎょう》でもしらべたことがあった。川はところどころでカーブしていて、カーブにさしかかった川の水は、流れていく方向をさがしているように見える。ヤンはこの川がすきだ。いかにも「川」って感じがするな、といつも思う。教科書に、写真をのせてもいいくらいだ。

道はゆるやかな下り坂になり、こぐのをやめても、自転車はすーっと進んだ。風が耳をなでていく。ヤンは大きく息をすって、ゆっくりとはきだした。おりて自転車をおしたりしなくていいから、息切れもしない。

まもなく、いつもの川岸に着いた。

「ヨシュ！」ヤンは大声でさけんで、サドルからさっとおりると、自転車を木立の中にかくした。またアキとフィルが来たりしなきゃいいけど……。

「ヨシュ！」ともう一度よんで、ヤンはゆるやかな土手をかけおりた。

水ぎわに、ヨシュのくつがあった。でも、川に、ヨシュのすがたはない。

ヤンの心臓《しんぞう》が、どきどきとはやくなった。

「ヨシュ！　出てきてよ！　あちこちさがしたんだ。うちにいないのは、もうわかってるんだよ」

川岸を橋のほうへ走りだす。足がすべって、ころびそうになった。

「走るなよ！」上流のしげみのほうから、ヨシュの声がした。

「ヨシュ！」息がくるしい。ヤンは、胸《むね》に手をあてた。どうしよう。

「まってろって！」またヨシュの声がして、小枝《こえだ》がパキパキ折《お》れる音も聞こえた。それからすぐに、ヨシュが出てきて、はあはあいいながら、いそいでヤンのところまで来た。「な、なんて、大声、出してるんだよ」

「べつに……」ヤンは、ふーっと大きく息をはいた。どきどきがおさまっていく。やっと、胸《むね》の中に、たっぷり空気が入ってきた。「大きな声なんか、出してないよ」

ふたりはひじでつつきあい、くるっと目玉をまわして、にっとわらいあった。

それから、ヨシュはヤンの手をつかむと、川岸をずんずん歩きだした。

「見せたいものがあるんだ。おれが、見つけたんだ」

ふたりはかがんで、しめった橋板に手をつっぱりながら、橋の下へもぐりこんだ。

「学校はどうしたの。わすれてたの？」ヤンはきいた。

「腹《はら》がいたかったんだ。うちの電話は、またこわれてるし」

ヨシュは、あつめたたからものを、ヤンに見せてくれた。

ヨコエビが四ひき、サンショウウオかイモリの子どもが二ひき、プラナリア（川などにすむ、細長く平たい形をした二センチメートルほどの生きもの。）が十ぴき。みんな、川の水をいれたガラスびんの中で泳いでいる。あとは、カジカと、ゴム長ぐつがかたほう。コインも一枚《まい》ある。

カジカって、半分カビがはえてるみたいなもようだし、コインはさびついている。

「古代ローマのコインだな」ヨシュはにっとわらった。それから、ズボンのポケットから、もうひとつ缶《かん》をとりだした。のぞくと、ナメクジが二ひき入っていた。

ヤンは、ヨシュがあつめた石も、ひとつひとつ手にとって見た。

「ひまだったから」とヨシュはいった。それから、つかまえたけど川にもどしてやったという魚の名まえも、教えてくれた。「あと、トゲウオも。ヤンが知ってる魚は、ぜんぶとれた」

「ぜんぶ？」

「うーん、だいたいぜんぶ」ヨシュはわらって、いつのまにポケットから出したのか、べたべたになったあめ玉を、いくつかヤンにさしだした。

ヤンはひとつとって、口にいれてからいった。

「宿題のプリント、持ってきたよ。リュックの中に入ってる」

ヨシュはヤンの顔を見つめて、うなずいた。

ヤンは思った。おなかがいたかったことや学校のことは、あとできけばいいや。せっかくなかなおりできたんだもの。

ふたりはすわって、頭の上の橋をわたっていく人たちの足音を聞いていた。犬をつれた人がとおった。つぎはベビーカーをおしているお母さん。赤ちゃんに歌をうたっている。

ヨシュはナイフをとりだして、木ぎれをけずりはじめた。なにか作っているとちゅうみたいだ。

見あげると、橋板のほんのすこしのすきまから、水色の空が見えた。

じっと見つめていると、その水色がぐーんとどこまでも、はてしなく広がった。あの空では、いまも、何十億個もの星が、何十億光年のかなたで、またたいているんだ。昼は見えないけど、たくさんの星が……。

「プラネタリウムに行きたいな。いつか、科学者にもなりたい。手術《しゅじゅつ》がぜんぶおわったらね」ヤンは小さな声でいった。

ヨシュがはっと息をのんだ。

「また、胸《むね》をひらくのか？」

ヤンはうなずいた。

「あと四、五日したら、入院する。はやくいわなきゃと思ってたんだけど」

そのとき、「あっ」とヨシュがうっかり手をすべらせて、ナイフで指先を切ってしまった。

「もうすぐじゃないか」ヨシュは、にじんできた血をなめている。

「うん、もうすぐ」ヤンは、足もとの小枝《こえだ》をひろって、ポキッとふたつに折《お》った。

「そのかわり、おわるのも、もうすぐってことだよ。また、いろいろできるようになるんだ」

「おぼれないで泳ぐとか?」とヨシュ。

ヤンは顔をあげて、ヨシュを見た。

あのときのことをヨシュが口にしたのは、はじめてだ。水泳のリレーの最中《さいちゅう》、ヤンはプールのまん中で、きゅうに泳げなくなってしまったのだ。

ヤンは、あわてていった。

「サイクリングとかもね。走ったり、バスケしたり、ほかにも、今よりもっといろいろできる」

「そんなに長くはかからないんだろ？　おわったら、もどってくるんだろ？」ヨシュはまだ木をけずっている。

「うん」

「母さんも、ぜったいもどってくる」

「お母さん、いないの？」

ヨシュは肩《かた》をすくめた。

「用があるみたい。しかたないんだ」

「そうだね」ヤンはこっそりヨシュの横顔を見た。

だまっているふたりのまえを、川の水だけがとまることなく、さらさらと心地のよい音を立てている。

葉っぱが一枚、すーっと流れていくのが見えた。死んだコガネムシも。しずかで、おだやかで、すこしだけこわいような気がした。

やがて、橋の下から出ると、ヤンはヨシュに宿題のプリントをわたして、いった。

「あしたは、ちゃんと来なよ！　でないと、ヨシュは頭がおかしいんじゃないかって、クラスのみんなにいわれちゃうよ」

「おかしくなんかないぞ」ヨシュはおでこを人さし指でとんとんたたきながら、わらった。

「わかってるって」

ヨシュは、まだ木ぎれとナイフを手に持っていたけれど、「これ、持ってく？」といって、ちょっとためらいながら、ナイフをさしだした。そして、さっき切ってしまった指の傷《きず》を見せて、つづけた。「ナイフは、ふたりのもんだし、おれ、きょうはもう使う気がしないから。これを持っていれば、だれもヤンに手出しできないだろ」

ヤンはナイフを、持ってきたさやにおさめた。ヨシュにあげようと思って、たからものの箱から出してきたのだ。

ヨシュは、ナイフが入ったさやを、ヤンのベルトにしっかりとつけてくれた。

「いいぞ。カウボーイみたいだ」ヨシュがうれしそうにいって、あたりを見まわした。だれもいない。ヤンとヨシュだけだ。あとはシラカバとブナの木、川、岸べの石ころや草。それから、道と水色の空。すべてを、あたたかな風がなでていく。

ヤンは木立から自転車を出してきて、ヨシュにいった。

「なんか、いるものがあったら、電話して」

「いるもの？　おれはなんでも持ってるぞ。冷蔵庫《れいぞうこ》はいっぱいなんだ」

24　ヤンの心臓《しんぞう》

ヤンの部屋のかべには、赤んぼうのときの写真がかざってある。生まれて数日しかたっていないヤンの顔写真だ。

まだ、小鳥のヒナみたいな黒っぽいうぶ毛しかはえていない。くりっとした大きな目を見ひらき、ゾウのぬいぐるみと、ならんでうつっている。ゾウは、いまはほかのぬいぐるみといっしょに、箱にしまってある。

写真では、ぜんぜんわからないんだけど、じつはこの日、たいへんなことがあった。バウマン先生がヤンの胸《むね》に聴診器《ちょうしんき》をあてて、「雑音《ざつおん》がしますね……」といったのだ。

まだ小さかったパウリーナだって、病院にいたわけじゃないけれど、その日のことはおぼえている。

パウリーナは、保育園《ほいくえん》でママが来るのをまっていた。クリスマスの劇《げき》で、ヒツジの役をするのをママが見にくることになっていたのに、いつまでたっても、来なかった。パウリーナは、いまでもおぼえているわ、とよくいう。舞台《ぶたい》のうまやでイエスが生まれたとき、ヒツジ役のパウリーナは半べそをかいて立っていたらしい。

ちょうどそのころ、バウマン先生は大いそぎでママとヤンを救急車《きゅうきゅうしゃ》に乗せ、小児科《しょうにか》の病院へおくりだしていたところだった。もちろんヤンはおぼえていないけど、話は何度も聞いている。

仕事中だったパパは、ママから電話をもらうと、すぐに車をとばしてとちゅうで追いつき、救急車《きゅうきゅうしゃ》にぴったりついて走ったという。

ヤンはすぐに手術《しゅじゅつ》をうけた。パパもママも、ものすごくしんぱいした。アメリーとパウリーナが、ヤンになにがあったか知ったのは、しばらくしてからだった。

心臓《しんぞう》と肺《はい》をつなぐ太い血管《けっかん》が、ちゃんとできていなかったのだ。それで、すぐに、手術《しゅじゅつ》で心臓《しんぞう》と肺《はい》のあいだにあった細い血管《けっかん》を広げ、血液《けつえき》が肺《はい》でたっぷり酸素《さんそ》をとりこめるようにして、人工の弁《べん》もとりつけた。

人工の弁《べん》は心臓《しんぞう》がきちんとポンプの役目をするためだ。

ヤンの心臓《しんぞう》が人工弁《じんこうべん》になれて、ヤンが成長《せいちょう》していけるかどうかは、だれにもわからなかった。でも、けっきょく、ヤンはりっぱに育った。

「ほんとうに奇跡《きせき》だったわ」とママはよくいう。ヤンの中には、とくべつな力がひめられているのよ、って。

ヤンはときどき、その力のことを考える。ノートに、お医者さんから聞いた手術《しゅじゅつ》のことが書いてあるけど、読みかえすたびにぞっとするし、しんぱいになってしまう。いつか、そのとくべつな力がなくなったらどうしよう。生きるためにひつような、たくさんの奇跡《きせき》が、ぼくの中からいっぺんに消えてしまったら……。

ヤンはノートをひきだしにもどすと、心臓《しんぞう》のあたりに手をあてた。だいじょうぶ、動いている。とくん、とくん。音が鳴りつづけている。ずっと。

ヤンはナイフをさやからぬいて、そっと手にあててみた。ヨシュは、わかってくれたのかな。ぼくがほんとうに、ヨシュの親友だってこと。

ぼくにとって、それはあたりまえのことなんだけど。

25 暗いコンテナの中

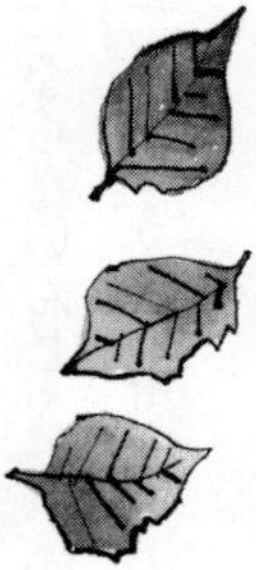

「アメリー！」ママがよんでいる。へんじはない。

「パウリーナ！」

しーんとしている。

ヤンはじぶんの部屋で、耳をすましていた。しずかにしていたほうがよさそうだ。牛乳《ぎゅうにゅう》がない、とかいうのかも。おつかいは、あんまり行きたくないな……。

「ヤン！」

ヤンはしかたなくドアをあけて、「なあに？」とさけんだ。

「バターがなくなっちゃったのよ。ちょっと自転車で、買ってきてくれない？」

やっぱりだ。

「うーん。いいけど……」しょうがない。ついでに、ヤナギの枝《えだ》をとってきて、ヨシュみたいにナイフでけずってみようかな。

ヤンは、さやに入れたナイフをしっかりとベルトにつけて、階段《かいだん》をおりていった。

ママはすぐに気がついて、きいてきた。

「どうしたの、それ？」

「ヨシュのだよ。ちょっと、借《か》りてるんだ」

「そう……。気をつけなさいね」ママはそういうと、バターを買うためのお金をくれた。「あまりとばしちゃだめよ。より道しないで、さっさと帰ってきなさい」

ヤンは、うるさいなあ、とちょっぴりもんくをいいたいのをがまんして、「わかってる」という感じでかるく手をあげると、外へ出て自転車にまたがった。

「より道しないでさっさと、か……」つぶやきながら、まっすぐまえを見てペダルをこぐ。牧草地《ぼくそうち》のブナの木も、目のはしで見ながらとおりすぎた。

でも、走りながらまわりを見るくらいだったら、より道にならないんじゃないかな。

ヤンは空をあおいだ。風がやさしく髪《かみ》をなでていく。給水塔《きゅうすいとう》のうらのヤナギの木立も、さっさととおりすぎなくちゃ……。

むちゅうで走っていると、心臓《しんぞう》が、ちょっとどきどきいいはじめた。いけない。とばしちゃだめ、っていわれたんだっけ。スピードを出そうって頭で考えただけで、体によくないのよ、ってしかられそうだ。

ヤンは自転車をおり、おして歩きはじめた。

ふいに、さわがしい音楽が聞こえてきた。だれかが道ばたで、流しているんだろう。そう思いながら角をまがったとたん、ヤンは足をぴたりととめた。ベンチにアキとフィルがすわっている。

しかも、きょうは、ふたりだけじゃない。ヤンの知らない女の子と、金髪《きんぱつ》の男の子、それと、もうひとり、まえにも見たことがあるニワトリのトサカみたいなパンクヘアの男の子もいっしょだ。ぜんぶで五人もいる。

どうしよう。もどったほうがいいかな……。ヤンは、胸《むね》のあたりをきゅっとしめつけられるような気がした。

アキがこっちを見た。

「おっ、だれかと思えば」アキは大きく足を広げて、ベンチにすわっている。持っているのは、ビールびんだ。「せっかくの自転車を、おして歩いてんのか？　びびって、おもらしでも、しちゃったのかな？」

ほかの四人が、大きな声でわらった。

金髪《きんぱつ》の子が立ちあがって、ヤンのほうにやってきた。それから、「どれどれ、おじちゃんに見せてごらーん」といいながら、かがんで、ヤンのおしりのあたりを見ると、まるで、ほんとにズボンがよごれているみたいに、「あーあ！」と大声でさけんだ。

ヤンはあわててサドルにまたがり、すぐに走りだそうとした。

でも、ひざががたがたふるえて、いうことを聞かない。ペダルをふみそこねて、すねをぶつけてしまった。

こんどは、フィルがいった。「なんでいそぐのかなあ。ここにいるほうが、たのしいだろ？」

フィルはたばこをすいながら、ゆっくりと歩いてきて、ヤンの顔にふーっとけむりをふきかけた。ヤンはとっさに顔をそむけた。それでも、鼻と口からけむりが入ってきて、ゴホゴホとせきこんでしまった。

フィルはかまわずヤンのあごをぐいっとつかむと、顔を近づけて、にたっとわらった。

「こたえろよ。それとも、おれとは口をききたくないか？」

くさい。たばことビールのにおいだ。

「はなしてよ」ヤンは小さな声でいいながら、フィルの手をふりはらった。ハンドルをぎゅっとにぎって、自転車をおしていこうとすると、金髪《きんぱつ》の子が、ぱっとかごをおさえていった。

「ぼくちゃーん、そんなにびびってると、また、おもらししちゃうよー。ちゃんと見ててあげるからねー」

こわくて、ひざに力が入らない。ふにゃふにゃで、とけてしまいそうだ。

「はなしてったら……」ヤンのかぼそい声は、さわがしい音楽にかきけされた。

いまここに、ヨシュがいてくれたら……。そうだ、ナイフ！　このナイフをぬいて、見せれば……。

フィルの声がした。

「おいおい！　こんなものであそんじゃいけないなあ」

フィルはヤンのこしに手をのばし、あっというまにナイフをぬきとった。

ヤンはただ、息をのんで、フィルがにぎっているナイフを見つめていた。心臓《しんぞう》が、のどからとびだしそうだ。口の中も、すっかりかわいている。

ベンチで、女の子がさけんだ。

「あーら、かわいそうに！　ほっといてやれば？　こわいようって、今にも泣《な》きそうな顔してるよ」

女の子はわらっている。フィルがきいてきた。

「おい、ちび、これ、どこで手にいれたんだ？」フィルはアキのほうをむいて、来いよ、とあごで合図した。「見ろよ、よわむしが、いいもん持ってきたぜ」

アキはナイフを見るなり、ヒューッと口笛を鳴らした。

「おれたちのを、ぬすんだんだ」

「ちがう」ヤンはかすれた声でいった。

「ちがうかどうかは、おれが決めるんだよ！」フィルはどなって、自転車の前輪《ぜんりん》をけとばした。それから、ヤンの鼻先にナイフをちらつかせると、あごからのどへと、刃《は》先《さき》でなでるようにナイフをおろしていって、心臓《しんぞう》のあたりでぴたりととめた。そこに傷《きず》あとがあるのを知っているみたいに。

「……なあ、ここに、ナイフをつきさしたら、どうなると思う？」

ヤンは、息をとめた。心臓《しんぞう》がすごくどきどきいっている。フィルたちに聞こえてしまうかもしれない。心臓《しんぞう》をとめることはできないんだ。これ以上《いじょう》、はげしくならないで……。

「ねえ、そのぼうや、ぬいぐるみとしか、あそんだことがないんじゃない？　はなしてやんなさいよ。びびって死んじゃうかもよ」女の子がまたいった。

「そんなすぐに死なねえよ。それに、今から、生きるきびしさをたっぷり味わってもらわなきゃならねえんだし」フィルがにやりとわらった。

「なにをそんなに、かっかしてるんだ、フィル。せっかくたのしくやろうと思ってたのにさ」パンクヘアの子がこっちをにらんだまま、空きびんをうしろのしげみにほうりなげた。それから、大きなげっぷをして、にやにやしながら、しげみのむこうにある、ゴミ捨《す》て用のコンテナを指さした。「そんなどうでもいいちび、捨《す》てちまおうぜ！」

ほかの四人は、顔を見あわせて、わらいだした。

「そりゃ、いいや！」フィルはナイフをひっこめて、ヤンの肩《かた》をぽんとたたいた。まるで、なかまどうしにするみたいに。

それから、フィルとアキとパンクヘアの子の三人は、わいわいいいながら、ヤンのうでや足をつかんでひっぱりはじめた。コンテナのほうへつれていく気だ！

ヤンはひっしにハンドルにしがみついた。でも、すぐにひきはなされ、自転車は音を立ててたおれた。足をばたつかせているヤンを見て、女の子がいった。

「かわいそー。ほら、もう泣《な》きそう！」

「おもしろすぎ。わらえる、わらえる」金髪《きんぱつ》の子が、ひざをたたいてよろこんでいる。

フィルがさけんだ。「わらってないで、おまえも手伝えよ！」

四人はヤンの手足を持って、コンテナまではこんでいくと、コンテナの上部についているスライド式のふたの持ち手をにぎり、ぐっとおしあけた。とたんに、くさった生ゴミのにおいがたちのぼった。

「おまえみたいなちびには、広すぎるくらいだな」とアキ。

つぎのしゅんかん、ヤンは、頭からコンテナの中にほうりこまれていた。すぐに頭の上で、ガシャン！　とふたがしまる音がした。まっ暗だし、ひどいにおいだ。息がくるしい。フィルたちが、外からコンテナをガンガンたたいてわめいている。さわがしい音楽も、いちだんと大きくなった。

体じゅうのふるえがとまらなくて、ヤンはひざをかかえこんだ。涙《なみだ》は出てこない。

「出してよ！」とさけんでも、だれもヤンのことなんか、気にもとめていないらしい。大声でわらったり、いいあらそったりしている。ビールを飲んでいるんだろう。

そのうちに、五人とも、どこかへ行ってしまったのか、あたりがしずかになった。

まわりはゴミだらけだった。生ゴミの入ったふくろ。ビニールぶくろ。葉っぱ。空きびんもある。くさくて、たまらない……。

息をとめて、耳をすます。声も音楽も聞こえない。

そーっと立ちあがって手を上にのばしてみると、コンテナのふたにとどいた。あけようとしてみても、ふたは、ちっとも動かない。内がわには、持つところもないのに、こんな重いふたをおしあけるなんて、むりだ……。

「だれかー！　たすけてー！」ヤンは大声でさけび、はあはあいいながら、かべをけとばしたり、こぶしでガンガンたたいたりした。

なんでだよ、ぼく、なにもしてないのに……。

もう一度、ふたに両手をつっぱって、力いっぱい動かそうとしてみたけど、やっぱり、びくともしない。

うーん！　とがんばっているうちに、息が切れたので、ひと休みして、またやってみた。何度も、何度もくりかえしていると、とうとうふたがすこしずつあいて、外の空気が入ってきた。

ヤンはつま先立ちをして、なんとか外をのぞいてみた。しげみと木々と原っぱが見える。だれもいない。サーッと風がふきわたった。

いそいでコンテナのふちに手をかけて、よじのぼろうとしたけど、足がすべって落っこちてしまった。かた足をかべにつっぱって、えいっといきおいをつけてとびあがってみても、うまくいかない。

つぎは、ふくろも葉っぱも空きびんも、かたっぱしからつみあげて、のぼってみた。あとちょっとだ、と思ったとき、ゴミの山がくずれた。また、さいしょからやりなおしだ。汗《あせ》をぬぐうのもわすれて、歯をくいしばり、もう一度ゴミをつみあげて、のぼってみる。シャツもズボンも、汗《あせ》びっしょりだ。

パパみたいに、うでの力がつよかったらな……。パパはけんすいだって、らくらくできる。あんなふうに力があれば、ここから出るのはかんたんなのに……。

ヤンは、のぼろうとして、また落っこち、ひざを思いきりぶつけてしまった。それでもあきらめずにがんばりつづけ、もうだめかもしれないと思ったとき、ようやくコンテナのふちを乗りこえることができた。

外にころがりおちてみると、自転車は、さっきとおなじ場所にたおれていた。

よかった……。

ヤンはすぐに自転車を起こし、サドルにまたがった。でも、うでも足も、ぷるぷるふるえるばかりで、ぜんぜん力が入らない。

なんとかゆっくりとペダルをこいで走りだし、コンテナからだいぶはなれたところまで来ると、ヤンはわあわあ声をあげて泣《な》いた。

けんめいにこいでいるのに、スーパーは、とてもとおかった。ヤンは、やっとたどりついて、バターをひと箱買うと、帰りは、さっきの道はやめて、畑をぐるりと遠まわりし、古い農園のわきを行くことにした。

こっちの道なら、ヤンをコンテナの中に投げすてようなんて連中《れんじゅう》はいない。とちゅう、息がくるしくなり、なんどか自転車をおりて、おして歩いた。森の中の道もとおったし、だだっ広い工場の敷地《しきち》の中をとおりぬけたりもした。

へとへとになって、行きと反対がわの道から帰りついたときは、うちを出てからずいぶん長い時間がたっていた。

26 家族

おふろを出ると、ヤンは、リビングのソファにあぐらをかいているアメリーのとなりにすわった。よかった、きょうのお姉ちゃんは、馬のにおいがしないや……。

「ヤン、もっとこっちに来てよ。あたし、そのほうがあったかくて、落ちつくから」

ヤンはいわれたとおり、アメリーにぴたっと体をよせて、肩《かた》に頭をのせた。

アメリーは、「きんちょうしているときは、これが効《き》くのよ」といって、ヤンのうでをさすってくれた。ヤンはにげたりしないで、じっとしていた。

ぼくはきんちょうなんかしてない。きんちょうしてるのは、お姉ちゃんのほう。きょうは、大すきな彼《かれ》とデートのやくそくがあるんだ。

名まえはライナス。ヤンはさいしょに電話がかかってきたときに、その名まえをおぼえてしまった。

ほんとうは、ライナスのことをたずねたいけど、ヤンはだまっていた。うでをさすってくれるアメリーの手が、あったかい。テレビから流れてくる音楽は、明るくていい感じだし、体をくねくねさせておどっている人たちも、たのしそうだ。ギターの人は頭をぶんぶんふり、女の子たちはリズムにあわせてこしをふりながら、うたっている。

おつかいから帰ってきたとき、ヤンはおそくなったわけを、すぐには話すことができなかった。

げんかんのまえでまっていたママは、道にヤンのすがたが見えたとたん、大声でさけんだ。

「ヤン！　いったいどこまで行ってたの？　みんなしんぱいしてたのよ」

ヤンは家のまえに着くと、自転車をおりて垣根《かきね》に立てかけ、ママにバターを手わたした。

「どうしたの？　服がよごれてるじゃない！」

ヤンは肩《かた》をすくめて、ぼそりといった。

「コンテナにとじこめられた」

そういったとたん、また足が、がたがたふるえだした。

「なんですって？　どういうこと？」

「あいつらがいて……」話そうとしたけど、息がつまり、涙《なみだ》がこみあげてきて、うまくしゃべれなかった。

「あいつらってだれ？　なにがあったの？」ママはヤンの肩《かた》をだきよせた。「コンテナ、っていった？」

ママは、泣《な》きじゃくるヤンをだきしめて、さらにきいた。

「ナイフは？　なくしたの？」

ヤンはだまってうなずいた。涙《なみだ》がどんどんあふれてくる。

ママは、すぐにヤンをバスルームへつれていった。

おふろの泡《あわ》の中にゆっくりと体をしずめると、ママがまたきいた。

「ナイフで、おどされたの？」

「ううん」とヤン。

おふろはあったかくて、気持ちよかった。さっき思いきり泣《な》いたのが、すこし、はずかしくなった。

ママは、それ以上《いじょう》なにもきかずに、バスルームを出ていった。

ヤンはしばらくお湯につかって、泡《あわ》の上につま先だけ出し、ときどき指を動かしながら、ぼんやりと天井《てんじょう》を見つめていた。

気がつくと、バスタブの横に、アメリーが来ていた。アメリーは、「ヤン」とよぶと、なにもいわず、まるで恋人《こいびと》にするみたいに、やさしく手をにぎってくれた。もちろん、ぼくが恋人《こいびと》じゃないことはわかってるけど。

恋人《こいびと》じゃなくても、アメリーとリビングのソファにならんですわっているのは、気分がよかった。

ヤンはほっとしていた。アメリー姉さんはあれこれきいてこないから、なにも話さなくてすむ。こうしてうでをさすってもらって、ぼくはじっとしているだけ。となりにいるのがララゾフィーだったら、いろいろきかれるだろうな……。

アメリーは、「ふう」と、何度も大きく息をついた。きっと、デートのやくそくが気になって、きんちょうしてるせいだ。

べつに、お姉ちゃんのデートなんか、ぼくにはかんけいないや。

コンテナのことは、もうわすれよう。生ゴミのにおいがひどくて、明かりもないし、まっ暗でこわかった。ふたが、なかなかあかなくて。フィルのことも思い出したくない。ナイフ、とられちゃった……。

ヤンはひざをかかえて、アメリーによりかかった。そのとき、パウリーナがフリッツィをだいて、リビングに入ってきた。

「ねえヤン、この子、だっこしててあげてよ。ぜんぜん鳴きやまないんだもん。きっと、ヤンが恋《こい》しいのよ」

「またおしっこする気じゃないだろうな」ヤンはわらって、フリッツィをうけとった。ふわふわだ。フリッツィに顔をうずめると、小さな手足をばたつかせた。「こら、あばれるなって」

あいかわらず、やんちゃだ。こんどは、ヤンとアメリーのひざのあいだに、もぞもぞともぐりこもうとしている。ヤンは思わずわらった。

フリッツィは、ふたりのひざのあいだでまるくなると、クルクルと、気持ちよさそうにのどを鳴らした。

ヤンは、ふと思った。いつかぼくも、じぶんの子どもとこんなふうに、ソファでのんびりしたりするのかな……。

でも、今はまだ、ヤン自身が子どもなのだ。

夕方、パパがうちへ帰ってくると、ママはすぐに、パパをキッチンへひっぱっていった。きっと、パパにぼくのことを話すんだ。ママにはなにがあったのか話してあるけど、パパも、いろいろ質問《しつもん》してくるだろうな。

でも、パパはなにもきいてこなかった。テレビではもう「今週のなぞ」というクイズ番組がはじまっていた。

パパはヤンのとなりにすわると、ヤンのひざに手をおいて、しずかにいった。

「まってろ。やっつけてやるからな」

それから、パパはふーっと大きく息をはき、目を細めて、テレビの画面を見つめた。カメラが古い教会の塔《とう》を下からうつしていって、あとすこしでてっぺんが見えそうだ。

「パパ、どこの教会かわかる?」ときこうと思ったけど、口をひらいたら、涙《なみだ》があふれそうになって、やっぱりだまっていた。

あいつらの名まえだけは、ママにもいっていない。いわないでおいてよかった。

もう、あいつらにかかわるのはたくさん。あやまってほしいとか、そういうんじゃないんだ。アキやフィルに、あやまってもらったってしょうがない。どうせまた、たばこをすったり、ビールを飲んだり、やりたいことをやるに決まってるんだし。だけど、あのナイフだけは、なんとかしてとりもどさなくちゃ。あれは、ヨシュが見つけたんだ。ヨシュとぼくの、だいじなたからものなんだから。

27　ナイフのこと

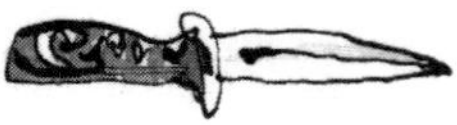

スクールバスをおりて、ほかの子たちといっしょに歩いていくと、校門のまえに、ヨシュが立っているのが見えた。

きょうはバスの中で、一度もララゾフィーと口をきかなかった。ヤンはいちばんうしろの席《せき》で、ララゾフィーはまえのほうの席《せき》にすわったからだ。目だって、あわせていない。たのしそうなわらい声だけが、ときどき聞こえた。

「ヤン、まって！」

ララゾフィーかな？　でも、ちがうかも……。ヤンはふりむかずに、ヨシュのほうへまっすぐ歩いていった。すると、もう一度よばれた。

「ヤン！」

やっぱりそうだ。立ちどまってふりむくと、ララゾフィーはメリーナといっしょだった。

「ヤン……あのね……」ララゾフィーは、いいにくそうにくちびるをかんだ。

メリーナが、「はやくいいなさいよ」と、ララゾフィーをひじでつついた。

ヤンは、ララゾフィーのそばかすを見つめていた。

「あのね、あたし……」ララゾフィーがにっこりしたので、歯ならびのわるいまえ歯が見えた。

メリーナが、さっさと説明《せつめい》した。「また、ヤンに算数を教えてほしいんだって」

「いいよ」とヤン。

ララゾフィーはほっとした顔になり、ふうっと息をはいていった。

「よかった。たのめる人、ヤンしかいないの」

「だけど、ぼく、もうすぐ手術《しゅじゅつ》なんだ」ヤンがそういって肩《かた》をすくめると、ララゾフィーはびっくりしたように見つめかえし、また口をひらいた。

「じゃあ、きょうじゅうにヤンのうちに行く。だめなら、あした。ヤンは、どっちがいい？」

ララゾフィーがまたにっこりわらったのを見て、ヤンはちょっと、どきっとしてしまった。ララゾフィーがいった。

「きょうの三時ごろ行っていい？　ネコちゃんたちも、もう一度見たいな」

ヤンはうなずき、「わかった」と小さくこたえると、ヨシュのほうに走っていった。

さっそくヨシュがいった。

「ラ、ララゾフィー、ヤ、ヤンになんか用があるんだね」

ヤンは聞こえないふりをして、きいた。

「お母さんは、帰ってきたの？」

「ちぇっ。ヤンは、そればっかりきくんだな。おれはぜんぜんこまってないって。きょうだって、ヤンがちこくするなっていったから、こうしてちゃんと来てるだろ」

ヨシュは、ヤンの先に立って歩きだした。

ヤンはヨシュに追いつき、ほかの子たちにまじって、校庭をいそぎ足で歩いた。

「ひとりでるす番してるんだよね?」ヤンは、もう一度きいてみた。

「まあね。しょうがないんだ」とヨシュ。

「おばあちゃんに、電話とかできないの?」

「できるよ。でも、ばあちゃんが聞いたら、また、おこるから」

始業のチャイムが鳴っている。

ヨシュは、ズボンのポケットをさぐって、うずまき形をしたリコリス味のグミを二個《こ》とりだしながらいった。「母さんは用がすんだらすぐに、帰ってくる。食べるものも、ちゃんと買っておいてくれてあるし」

ヨシュはグミを一個《こ》ヤンにくれて、のこった一個《こ》をじぶんの口におしこんだ。

ふたりとも口をもぐもぐさせながら、いそいで校舎《こうしゃ》に入った。

ヤンは、しっかり朝ごはんを食べてきたし、リコリス味のグミは、ちょっぴりにがてだ。だけど今は、いらないっていいたくない。きょうは、だいじな話をしなくちゃいけないんだから。でも、なんて切りだしたらいいんだろう……。

階段《かいだん》の近くまで来たとき、ヤンは思いきっていってみた。

「あのさ、ナイフのことなんだけど……。ヨシュは、信《しん》じてくれるよね。どうしようもなかったんだ。むこうは五人もいたから……」

ヨシュが立ちどまった。「なんの話？」

ヤンは、きのうナイフをとられたことを話した。まわりがさわがしいから、ときどき大声になったりしたけど、フィルやアキたちのことも、けっしてじぶんからナイフをわたしたわけじゃないってことも、ぜんぶ話して、さいごにいった。

「わかってくれる……？」

「わかってるよ」ヨシュの目は、おこっているように見える。

ヤンは、もしかしたら、ヨシュはしかえしをする気なんじゃないかと思い、階段《かいだん》をのぼりながら、いってみた。

「くやしいけど、ぼくらじゃ、むりだと思うんだ。あのふたりは、いつもいっしょにいるし、体だってずっと大きいんだから」

「ヤンは、かかわらなくていい。いまは、もっとだいじなことがあるだろ。ヤンをコンテナにとじこめるなんて、二度とそんなことさせない。ぜったいに」

28　ヤンとララゾフィー

ヨシュにわかってもらえたことは、うれしかった。

でも、そのあと、ヤンはいろいろなことが気になってしかたがなかった。手術《しゅじゅつ》のことや、ララゾフィーのことや、それに……。

ララゾフィーは、さいしょの休み時間に、ヤンの席《せき》へやってきた。

「あのね、きょうは、五時にダンスのレッスンがあるのをわすれてたの。算数を教えてもらうのは、あしたでもいい？」

ヤンは考えた。きょうの午後は、ぼくだって算数どころじゃないかもしれない。

ヨシュは、あいつらのことで、すっかり頭に血がのぼっている。なんとかして、落ちつかせなきゃ。ヨシュをひとりにしておくのは、まずい。ヨシュのお母さんが、はやく帰ってきてくれたらいいのに。

「あしたでいいよ」ヤンは、ララゾフィーにうなずいた。

二時間目のあとの休み時間、ヨシュは、まどの外ばかりながめていた。

ヤンはそばへ行って、ひそひそ声でいった。

「ナイフのことは、もう考えないで」

ヨシュはなにもいわなかったけど、目を見れば、おこっているのがわかった。

ヨシュがあいつらにかかっていったりして、あぶない目にあったらどうしよう……。

きょうはぜったいに、ヨシュをうちへつれて帰ろう。

ところが、さいごの授業《じゅぎょう》がおわって、「いっしょに帰ろう」といおうとしたときには、ヨシュはもう教室にいなかった。いつもの三倍くらいいそいで、教室を出たのかもしれない。

あわてて追いかけようとしたとき、ララゾフィーがやってきて、いった。

「これから、アイスを食べにいこうと思ってるの。よかったら、ヤンも食べない？」

ララゾフィーは、ヤンの行く手をふさいでいる。ヤンはララゾフィーを見つめてきいた。

「それって、きみが……」

「そう、あたしがおごるから」ララゾフィーは、そわそわしながらヤンのへんじをまっている。はやく決めてほしいみたいだ。

ヤンは頭をぽりぽりかいて、それから、うでをかいた。そして、首をのばして、もう一度ヨシュのすがたをさがした。

とっくに学校を出ちゃっただろうな。でも、まっすぐ家に帰るかもしれない。きょうこそ、お母さんが「お届《とど》けもの」をすませて、もどってきてるんじゃないかって思って……。

ヤンもヨシュも、ほんとうはわかっている。ヨシュのお母さんは、ときどきいなくなるけど、じきに、またもどってくる。だけど、「だいじなお届《とど》けもの」なんか、ない。

男の人をつれて帰ってくることもある。新しい恋人《こいびと》だ。そのたびにお母さんは、「彼《かれ》を愛《あい》しているの」というらしい。

でも、ヨシュは、そんなのうそだっていう。そして、ヨシュのいうとおり、せいぜい三日もすると、またヨシュとお母さんのふたりきりの生活にもどってしまう。

ヤンは教室を見わたしながらつぶやいた。

「あーあ、行っちゃった……」

ララゾフィーが、ヤンの視線《しせん》の先を追うように、ふりかえりながらきいた。

「だれのこと？　ヨシュ？」

「うん」

「ヤン、アイスはすきじゃないの？」ララゾフィーは、ちょっぴり不安《ふあん》そうにきいてきた。

「そんなことない、大好物《だいこうぶつ》だよ。行こう」ヤンは、いつもはヨシュとふたりで食べるんだけどな、と思った。

ララゾフィーはまたにっこりした。ほっぺたが、そばかすだらけだ。いったい、いくつあるんだろう？

ふたりでならんで階段《かいだん》をおり、校舎《こうしゃ》の外へ出ると、ヤンは、下校するおおぜいの子を見わたして、もう一度ヨシュをさがした。

「ヨシュがどうかしたの？」ララゾフィーがきいた。

「なんでもないんだ。ぼくとヨシュだけのひみつの話。きみにはいえないよ。ヨシュが、むちゃなことをしなければいいんだけど……」

そのとき、うしろから大きな声がした。「むちゃなことってなんだ？　だれが、むちゃなことをするって？」

ヨシュの声じゃない。ラッセだ。まちがいない。ふりかえって顔を見なくても、にやけてるのが声でわかる。うしろから、ついてきてたんだ。

ヤンはふりむいて、いってやった。

「きみとかさ」

「ぼく？　ぼくが、どんなむちゃなことするっていうんだよ？」とラッセ。

なんにもわかってないくせに、すぐ話に割《わ》りこんでくるんだから。

でも、ララゾフィーがいたおかげで、ラッセもそれ以上《いじょう》よけいなことはいわずに、「では、おじゃまみたいだから、このへんで」とだけいうと、さっさとつぎの角《かど》をまがって行ってしまった。

おじゃまって、なんだよ。また、なんでも知ってるみたいないいかたして。

でも、いいや。今は気にしないでおこう。あさってから三週間は顔を見ないですむんだし、手術《しゅじゅつ》がおわってもどってきたら、今までのぼくとはちがうんだ。

いっしょにアイスクリームを食べているとき、ララゾフィーがいった。

「ヤンにアイスをおごるのは、算数を教えてほしいからじゃないのよ」

ヤンは上《うわ》の空でふりかえって、通りのほうをながめた。ヨシュが帰り道で、アキたちと、ばったり出くわしたりしませんように。

本気で腹《はら》を立てたときのヨシュのことは、よく知っている。そして、今、ヨシュはまちがいなく、アキとフィルに本気で腹《はら》を立てている。いつもより、もっと。

でも、いくらヨシュがつよくても、あのふたりには勝てっこない。フィルやアキが、おとなしくナイフをかえしてくれるとも思えないし。

ナイフをひろったりしなければよかったのに……。

ヤンは、とけてこぼれそうになっていたアイスを、あわててなめた。

そのとき、ララゾフィーがいった。

「おいしい！　あたし、一度でいいから、レモンアイスをおなかいっぱい食べてみたいな！」それから、きゅうに食べるのをやめて、ヤンのわき腹《ばら》をつついた。「ね、あそこ。見て」

え？　ヤンは、まずララゾフィーの顔を見てから、ゆっくりとうしろをむいた。

ネズミばあさんだ！　胸《むね》が、どきっとした。通りをずんずんこっちへ近づいてくる。

「あたしたちに、用があるのかな？」

ヤンは首を横にふって、大いそぎでアイスをなめた。

心臓《しんぞう》がどきどきして、息もくるしくなってきた。いつもは、立っているだけならこんなふうにはならないのに。

ヤンは、早口でいった。

「あのおばあさんは、頭がへんなんだよ。みんな、そういってる。だれにでも、がみがみもんくをつけて、おこらせたり、こわがらせたりする。ぼくらに用があるわけじゃないよ。行こう！」

ヤンは、ララゾフィーのうでをつかんで走りだした。

「ヤン！　どうしたの？」

角《かど》をまがり、近くの建物《たてもの》のうら庭へにげこんだ。ゴミバケツと自転車。ツタのからまるかべ。古いモペット。

ネズミばあさんも、ここまでは追いかけてこないだろう。

ララゾフィーが大きな声でいった。

「ヤン！　ヤンってば」

どくん、どくん。ヤンの心臓《しんぞう》がはげしく打っている。ララゾフィーはもう、とっくにアイスを食べおわっていた。ヤンは、手にのこっていたアイスのコーンをバリバリとかじった。

ララゾフィーが、ヤンのうでをそっとつかむと、ヤンの顔を見つめて、いつもとはちがう、すこしおとなっぽい声でやさしくいった。

「こわかったのね」

29 親友だから

ヤンの心臓《しんぞう》は、いつまでもはげしくどきどきいって、なかなかおさまらなかった。

ララゾフィーは、ヤンがまっ青な顔をしているのを見て、「ひとりで帰るなんて、だめよ！　ヤンがなんていっても、うちまでついていくから」といい、ヤンをおくってくれた。

そんなこと、してくれなくたっていいのに、とヤンは思っていた。どきどきがおさまるまで、ちょっと時間がかかるけど、こんなの、なれっこなんだ。

それに、建物《たてもの》のうら口の石段《いしだん》にすわって、心臓《しんぞう》の音がしずかになるのをまっているあいだ、ララゾフィーがどんな顔でじぶんを見ていたか、ぜんぜん気がつかなかった。たぶん、すごくおくびょうだと思われたんだ。

心臓《しんぞう》がわるいせいでどきどきするだけで、じきにおさまるってことを、ヤンはうまく説明《せつめい》できなかった。

ララゾフィーといっしょじゃなかったら、帰り道で、草の上に寝《ね》ころがったりもしたかった。きょうは空の色がとてもきれいで、あらいたてのように、きらきらかがやいていたから。

うちまで来てくれたララゾフィーは、いっしょに昼ごはんを食べたあと、ママが車でおくっていった。お昼はカリフラワーのグラタンだった。

ママはララゾフィーに、何度もお礼をいった。

「わざわざおくってくれて、どうもありがとう」

「いいんです」ララゾフィーは、にっこりした。

たすけてもらうなら、ヨシュがよかった。でも、ヨシュはいっしょにいなかったんだから、しかたがない。

すぐにヨシュをさがしにいきたかったけど、思った通り、ママは、ゆるしてくれなかった。まだ青白い顔をしていたんだから、あたりまえだ。

「ヤン、おねがいだから、むりするのはやめて。きょうは、おとなしくしていてちょうだい。もうじき手術《しゅじゅつ》なのよ」

そんなこと、わかってる。だけど、親友のことは、ほうってはおけない。

胸《むね》の中で、不安《ふあん》が心臓《しんぞう》のように、どきどきと脈打《みゃくう》っている。不安《ふあん》はどんどん広がって、気持ちが暗くなってきた。

目をとじると、手にナイフをにぎったヨシュのすがたが見える。ナイフの刃《は》はするどくて、その気になったら、心臓《しんぞう》をひとつきでだめにすることだってできそうだ。

ヤンは、じっとしていられなくて、家の中をうろうろしてから、子ネコを見にいった。ノリーナをだっこすると、ヤンの胸《むね》に頭をこすりつけてきた。

そのままノリーナを部屋へつれていき、ベッドにおろすと、となりにうつぶせに寝《ね》て目をとじた。なにも考えないようにしよう……。

せなかに小さな足が乗ってきた。うしろに手をのばして、小さなふわふわの体をなでてやる。ノリーナがクルクルとのどを鳴らす音だけが聞こえる。

でも、なにかが胸《むね》のおくで、どきん、どきん、と鳴りつづけて、とまらない。ヨシュの家にはもう、二度電話してみたけど、だれも出なかった。ヨシュのお母さんも……。

ヤンは、いたいくらいに、つよくくちびるをかんだ。

ノリーナをせなかからおろし、首をなでてやっていると、ドアがあいた。ママだ。ヤンは、はねおきた。

「だいじょうぶ？」ママがきいた。

「うん、へいきだよ」

「なんにもしんぱいしなくていいのよ」ママはほほえんだ。ママも、きっと不安《ふあん》なんだ。ほほえむのは、ごまかすため。

「してないよ」ヤンはこたえた。

「むちゃなことはしないって、やくそくしてちょうだい。ママは、またちょっとパウリーナをむかえにいってくるわ」

ヤンは、まかせて、と親指を立てた。

ドアがしまり、ママが階段《かいだん》をおりる音がして、すこしたつと、外で車のドアがバタンとしまった。

エンジンの音。ヤンはずっと耳をすましていた。

ヨシュ……。

ヤンはちょっと考えて、ノリーナをファニのところにもどしてやると、音を立てないよう、つま先立ちでそっと階段《かいだん》をおりた。家にはだれもいないけど、なぜか足音を立てたくなかった。

かべにかかっているジャンパーをとる。心臓《しんぞう》がのどからとびだしそうな気がした。どうしても行かなくちゃいけないんだ。わかって、ママ。

30　ヨシュとナイフ

いつもより、川がとおく感じる。ヤンは、もっといそぎたい気持ちをおさえて、いつもの半分くらいの力でペダルをこいだ。

ヨシュが、アキやフィルとなぐりあいになっているかもしれないときに、ぼくはただ自転車に乗って、らくちんな思いをしている。あいつらにひどい目にあわされたのは、ぼくなのに。

ヤンは自転車を走らせながら、牧草地《ぼくそうち》や木立をながめた。それからまた、目のまえにつづく、上り下りのあるアスファルトの道を、まっすぐ見つめた。

もうすぐ貯水池《ちょすいち》のまがり角《かど》だ。

アキやフィルのことも、コンテナのことも、考えないようにしよう。そう思っていても、ゴミのいやなにおいが、よみがえってきた。

ヤンは、できるだけ大きく息をすって、はいた。でも、やりすぎはだめ。なるべくしずかに、そうっとだ。心臓《しんぞう》が、どきどきいわないようにしなくちゃ。上りにさしかかると、すぐに自転車をおりて、おした。息をゆっくりとすいこんで、ゆっくりとはきだす。

まっすぐまえだけを見て、ひたすら自転車を走らせた。そろそろ、パウリーナをむかえにいったママがもどってくるころだ。パウリーナは、ヒップホップダンスのレッスンのあとだから、助手席《じょしゅせき》でくたくたになってるだろう。

べつに、ママをとられたなんて思ってない。どっちみち、もうじきママは、ぼくにかかりっきりになるんだし。

自転車を走らせているうちに、胸《むね》のあたりがくるしくなった。

でも、いつもとはちがう。どうしたんだろう……。胸《むね》の中がだんだんせまくなっていく気がする。だれかがろっ骨《こつ》をぎゅっとちぢめて、ねじでとめてしまったみたいな感じ。

すこし休まなくちゃ……。ヤンは貯水池《ちょすいち》をとおりすぎたところで、道ばたのトチの木の下にこしをおろした。

どうしてぼくは、みんなとおなじように元気に動きまわれないんだろう。今までだって何度もそう思った。やりたいのに、できない。

世界には六十三億人も人間がいるのに、どうしてぼくだけがこんな目にあうんだ？　生まれつき、ほかの人とは心臓《しんぞう》がちがうなんて、不公平《ふこうへい》じゃないか。ほかの人の心臓《しんぞう》はみんな、ちゃんと動いているのに。アキとフィルの心臓《しんぞう》だって。

ヤンは、トチの木の皮をすこしはぎとって、ズボンのポケットにいれると、立ちあがった。

ヨシュには今、ぼくのたすけがひつようなんだ。行かなくちゃ。ママがどんなにぼくのことをしんぱいしてくれてるかは、わかっている。でも、こうして自転車で走っているあいだは、ママの小言《こごと》を聞かないですむ。

今ごろヨシュは、ひとりでひどい目にあっているかもしれない。アキとフィルにやられたのはぼくなのに、おこって、しかえしに行ってくれて……。

あのふたりは、よわいものいじめばかりしている。

けど、ヨシュはちがう。ぼくにとって、ヨシュはとくべつなんだ。兄弟みたいな気がすることだってある。

また自転車に乗って、すこし走ったとき、とおくに小さな赤いものが見えた。こっちへ近づいてくる。赤いT《ティー》シャツだ。

ヨシュじゃないかな。ズボンも、ヨシュがきょうはいてたのに似てるし、きっとヨシュだ。ヨシュにしては、ずいぶんはやく歩いてる気がするけど……。

ヨシュが気づいて手をふった。でも、なんだかようすがへんだ。

ヤンは胸《むね》がくるしいこともわすれ、全速力でペダルをこいで、ヨシュのそばへ行った。

ぜえぜえいいながら自転車をおりると、ヨシュのズボンに、黒っぽいしみがついているのに気づいた。血みたいな色……。手にはナイフをにぎりしめている。

「お、お、おれじゃない。ちがうんだ、ヤン」ヨシュがいった。

「なんのこと?」めまいがした。しっかりしなくちゃ。ヤンは両手で自転車のハンドルをぎゅっとにぎりなおした。

ヨシュの顔はまっ赤で、汗《あせ》びっしょりだ。

「ネ、ネ、ネズミ、ばあさんが……。ヤン、お、おれのいうこと、し、信《しん》じてくれる? きゅ、きゅうに、あのばあさんが近づいてきて、いったんだ。あ、あ、あんたの命で、つぐなってもらうよ、って。そ、それで、ば、ばあさんは、ナイフを、ふりまわして、だけど、ばあさんははじめっから、血を流してて。お、おれ、むちゅうでナイフをとりあげたんだ」ヨシュは空気がぜんぶぬけてしまった風船みたいに、しぼんで見える。

「それで？」ヤンはぴくりとも動かずにきいた。

ヨシュは大きく息をすった。

「は、走った。ここまで、走ってきた。むこうからヤンが見えたんだ。こ、これ以上走れないってくらい、走った」

「それで、ネズミばあさんは？」ヤンはしずかにきいた。ひざがふるえている。

ヨシュは目をそらし、だまって肩《かた》をすくめた。

「おばあさんは、けがをしてたんじゃないの？」

ヤンは、その答えを知りたいのかどうか、じぶんでも、よくわからなかった。

ネズミばあさんはいつも、子どもたちのそばに来て、がみがみいうだけ。知りあいでもなんでもない。

「し、信《しん》じてくれる？」ヨシュはもう一度そういって、ちらっとこっちを見た。

ヤンは、ヨシュの目をしっかり見つめた。濃《こ》い青色をしている。深い湖のようだ。でもヨシュは、すぐにヤンから目をそらすと、あたりをきょろきょろと見まわした。ひざのふるえはとまらなかったけど、ヤンは、おちついていた。

「信《しん》じるよ。おばあさんはどうしてけがをしたとヨシュは思う?」

ヨシュはまた肩《かた》をすくめた。ひとこともいわないし、ズボンのポケットに手をいれたりもしない。いつもは、こんなふうにこまると、ポケットから、手品みたいにお菓《か》子《し》をとりだすのに。

ヤンは小さな声でつづけた。

「ぼくが考えてること、わかる?」

ヨシュは、不安《ふあん》そうな顔つきで、ヤンを見つめた。たぶん、ヨシュもわかっているんだ。

だって、ナイフを持っていたのはだれか、ぼくらは知っているんだから。

口に出していったのは、ヤンだった。「アキとフィルがやったんだ」

ヨシュはうなずいた。

「お、おれがナイフをとりあげたら、ばあさんは、べ、ベンチにすわったんだ。お、おれ、こわくて。だから、にげだした。でも、団地《だんち》の子たちがとおりかかって……」

「その子たちに、見られたの?」おそろしくて、ヤンの体にぞくっとさむけが走った。

すこしだまってから、ヨシュは、小さく「うん」とうなずいた。

「そんな……。それじゃ、その子たち、きっと、ヨシュがネズミばあさんにけがをさせたんだ、って思ってるよ」

「で、でも、おれじゃない」

「わかってる」

ふたりは見つめあった。ヤンはいった。

「どうする? そのあとどうなったか、いっしょにたしかめにいってみようか? もしかしたら、ネズミばあさんのけがも、そんなにひどくないかもしれないしさ」

ヨシュは動こうとしない。

「お、おれは、行かない。行ったらどうなるか、わ、わかるから。それに、母さんも、まだ帰ってきてないんだ……」ヨシュの目に、涙《なみだ》があふれてきた。

「ヨシュ……。いっしょに、なんとかしよう」ヤンはヨシュのうでをさすった。

「ど、どうやって?」

ヨシュが泣《な》いているのを見るのは、はじめてだ。

ヤンは自転車のむきをかえて、やさしくヨシュのせなかをおした。

「とにかく、ぼくんちへ行こう。さ、ナイフをしまって。ここにじっとしてても、しょうがないよ。きっといい方法《ほうほう》を思いつく」

ヨシュはあわてて、リュックにナイフをしまった。

31　ママにはいえない

ヨシュをつれてうちに帰ると、ママが家のまえの道に立っていた。

「ヤン、あなたを信用《しんよう》していたのに。今はなによりじぶんの体をたいせつにしなくちゃいけないってことが、わからないの？」

ヤンは、だまっているヨシュのとなりで、じぶんがものすごくちっぽけに思えた。

ヨシュの顔には、涙《なみだ》をごしごしこすったあとがついている。

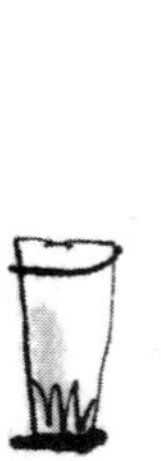

「わかってる……」ヤンはぼそりといって、下をむいた。

ママにどう説明《せつめい》すればいいんだろう。こんなにむずかしくて、どうしたらいいのかわからないようなこと……。

「だけど、すごくだいじなことなんだ」ヤンはそういって、ゆっくりと自転車をおして、ママの横をとおりすぎた。

「ヤン、なにいってるの？　だいじなのは、じぶんの体でしょう。今は、それだけを考えなさい！」

息をすいこもうとすると、胸《むね》のあたりを、中からだれかにぎゅっとひっぱられているような気がした。

ヤンは横目でちらっとヨシュを見て、いった。

「だいじなのは、ぼくのことだけじゃないよ」

そのとき、パウリーナがまどから顔を出してさけんだ。

「いいじゃない、そんなにがみがみいわなくたって」

ヤンはぽかんと口をあけて、パウリーナを見つめた。

ママにむかっていっているみたいだけど……ひょっとして、ぼくに味方してくれてるの？

パウリーナがつづけた。

「まず、なにがあったか、聞いてあげればいいのに」

「聞いてあげればって……そうかもしれないけど、ヤンはあさってから入院して、たいへんな手術《しゅじゅつ》をするのよ。今は、あまり興奮《こうふん》しちゃいけないいんだから」

ヤンのとなりでヨシュがいった。

「お、おれ、やっぱり帰るよ。たぶん、もう、だ、だいじょうぶだから」

「だめだよ。ここにいて」ヤンは、ヨシュのうでをしっかりとつかんだ。

そのようすを見たママがきいた。

「わかったわ。なにがあったの？」

ヨシュもヤンもこたえない。ママはため息をついた。

「しょうがないわねえ、まったく……。いいわ、ふたりとも、中へ入りなさい！」

ヤンは、物置《ものおき》小屋へ自転車をおしていくまえに、ハンドルをにぎったまま、ヨシュの顔をじっと見た。

ヨシュ、わかってるよね？　今はまだ、ママには話せない……。

ヨシュはうなずいた。

ふたりでいっしょに家に入ると、ヤンはげんかんでくつひもをほどきながら、ママに「クッキー、ない？」といってみた。それしかいうことを思いつかなかったのだ。それから、「話すとちょっと長くなっちゃうんだ……」とつけくわえた。

ママは、あとでね、といってくれた。

そして、ほんとうにクッキーを持ってきてくれた。レモネードの入ったグラスもふたり分。

「ありがとう、ママ」ヤンはほっとして、お盆を持ってヨシュといっしょに階段《かいだん》をのぼり、部屋に入った。ふたりはならんで、ベッドにすわった。

「ヤンのお母さん、ほんとうにヤンのことがしんぱいなんだな」

「ヨシュのお母さんだって、おなじだよ」

ふたりはレモネードを一気に飲みほして、口のまわりをぬぐった。

「だとしても、もう手おくれだ」ヨシュは小さい声でいった。

「まだ、わかんないだろう。ネズミばあさんがどうなったのかさえ、わかればなあ」

「死んじゃったかもしれない」

「ありえない」

「ありえるってば」ヨシュは、今にもまた泣《な》きだしそうな顔をしている。

「ひどいけがに見えただけかもしれないよ」ヤンはヨシュを安心させようとした。

「ほんとうに、ひどいのかもしれない」とヨシュ。

ふたりでクッキーを食べた。ヤンがいった。

「ベンチにネズミばあさんがすわっているか、たしかめにいきたいけど、きょうはもうぜったいに、ママはぼくを外へ出してくれないと思うんだ。パウリーナ姉さんに、かわりに行ってもらえば……」

「だめだ。お姉ちゃんにも、しゃべっちゃだめだ」ヨシュは、きっぱりといった。

そのとき、下で電話が鳴った。ふたりは、さっとドアに近づき、ほんのすこしだけあけて、耳をすました。

でも、電話はママの仕事先からだった。

「はい。あすはそうさせてください。あさってからは、おねがいしていたとおり、休《きゅう》暇《か》をとらせていただくので」

ママが「休暇《きゅうか》」をとる……。ヤンは、もうすぐ手術《しゅじゅつ》があることを思いだして、せなかがぞくっとし、それから、またきゅうに不安《ふあん》になった。

ぼくが入院したら、ヨシュには味方がいなくなってしまう。

手術《しゅじゅつ》なんて、なくなればいいのに。ぼくじゃなく、ヨシュのために。だって、だれもヨシュのいうことを信《しん》じてくれないかもしれないし、ヨシュは家に帰ってもひとりぼっちなんだから。

ヨシュはつよいから、二、三日ひとりでもへいきかもしれないし、お母さんだって、きっと、もうすぐもどってくるだろうけど。

ヨシュは、ナイフで人にけがさせたりしない。ぜったいに。そんなことをするのは、アキとフィルしか考えられない。

「なんとかしなくちゃ……」といったとたん、ヤンはいいことを思いついた。

そうだ、ララゾフィーに話してみよう。手伝ってくれるかもしれない。

32 だいじなおねがい

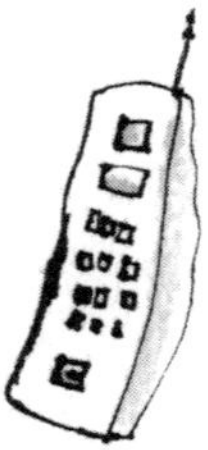

リビングに行くと、パウリーナがゆったりとソファにすわって、長電話をしていた。

ヤンは三回もそばへ行って、「ねえ、まだ?」ときいてみた。そのたびにパウリーナは「あと二、三分」というくせに、ヤンがはなれると、またずっとしゃべりつづける。

長い長い「二、三分」がやっとおわって、パウリーナが受話器《じゅわき》をわたしてくれた。でも、すぐにはリビングから出ていかずに、きいてきた。

「ねえねえ、なにがあったの? あんたたちのために、すっごく早く電話をおわらせたんだから。なんか手伝ってあげようか?」

「うーん……」ヤンはまよった。でも、ヨシュがひじでそっとつついてきたので、やっぱり話さないことにした。

「パウリーナ姉さんには、かんけいないことだから」

「なによ、せっかく手伝ってあげようと思ったのに」パウリーナは、ぷいっとうしろをむいて、そのままリビングを出ていった。

ドアがしまると、ヤンはさっそく、しらべておいた電話番号をおした。

電話に出たのは、ララゾフィーだった。たすかった。

ヨシュは、じぶんもララゾフィーの声を聞こうとして、ぴたっと顔をくっつけてきた。

ヤンはララゾフィーにいった。

「あの……ぼくとヨシュから、きみにたのみがあるんだ。きいてくれる？」

「いいよ。どんなこと？」

ヤンは、口の中がすっかりかわいていることに気づいたけど、しゃべりつづけた。

「たいへんなことになっちゃってて……」

ララゾフィーは、いっしゅんだまってから、きっぱりといった。

「わかった。話して。あたしは、なにをすればいいの？」ララゾフィーの声が、いつもとちがって聞こえた。

33　お母さんの声

ヤンは、ララゾフィーとの電話を切ったあと、ヨシュの家の番号をおしてみた。するど、「もしもし」と声が聞こえてきた。ヤンは、びっくりして心臓《しんぞう》がとまりそうになった。

聞きおぼえのある、ヨシュのお母さんの声。帰ってきてた……。

でも、とつぜんだったので、ヤンはひとこともいわずに、あわてて電話を切ってしまった。

となりにいたヨシュも、目をまるくしてヤンを見たけど、すぐにいった。

「いったろ。母さんは、かならず帰ってくるって」

34 ララゾフィーの報告《ほうこく》

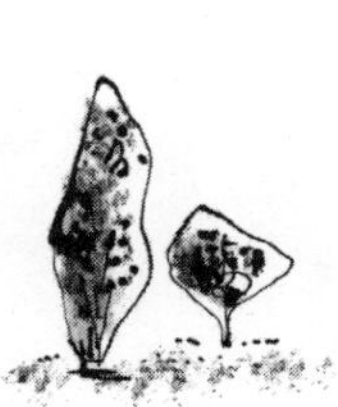

ヤンは、ヨシュと部屋にもどってから、何度もまどの外をのぞいてみた。家のまえを走る道や、牧草地《ぼくそうち》や木立が見える。でも、ララゾフィーのすがたはない。

ララゾフィーは、電話でヤンの話を聞いたあと、「すぐ広場に行ってみる」といってくれた。ネズミばあさんがどうなったのか、たしかめてくれているはずだ。思ったより、手間どってるのかもしれない。

いろいろ考えていると、それだけで、すぐにまた心臓《しんぞう》がどきどきしてしまう。ネズミばあさんのけがが、ひどくなければいいけど。どうか、ヨシュが犯人《はんにん》だって思われませんように。

ヤンはまどべをはなれて、机《つくえ》のまえにすわり、すぐにまた立って、ろうかへ出た。ミシンのおくで、子ネコたちがじゃれあっている。なかでもペッピーナは、ほかの四ひきをおしのけたり、ふんづけてのっかったり、いちばん元気だ。でも、かみつきはじめると、ファニがやめさせた。

ファニはすっかりお母さんらしくなったなあ、とヤンは思った。しっかり子ネコたちのめんどうを見ている。はしゃぎすぎてけんかになり、けがをしたりしないように、ちゃんと気をつけてるんだ。

ヤンは立ちあがろうとして、ミシンに頭をぶつけてしまった。

部屋にもどると、ヨシュはさっきとおなじように、ぼんやりすわって、考えこんでいた。

ヨシュがいった。

「母さんは、おれがいなくなったら、きっと、ほっとするんだ」

いつものヨシュなら、こんなことはぜったいにいわない。ヤンは、ヨシュを見つめて、いった。

「そんなことないよ。もどってきたじゃない」

「今だけ、だろ」ヨシュは、それきりだまってしまった。

ヤンも、ほんとうは自信《じしん》がなかった。ヨシュのお母さんは今回も、行き先だって、いつ帰るかってことだって、ほんとうに、なんにもいわないで、いなくなってしまったのだ。ヤンは、ヨシュに声をかけた。

「だいじな『お届《とど》けもの』があるんだから、しょうがないよ」

ヨシュは、うなずいた。

ヤンは、またまどべに立って、道をながめた。ララゾフィーはきっと、もうすぐ来てくれる。

ネズミばあさんのけがが、たいしたことないといいな。ぜんぜんしんぱいするひつようなんかなかった、ってことになるかも。もしかしたらだけど。ううん、ぜったい、そうでなくちゃいけない。

ぼくは入院しちゃうし、ヨシュは、そうでなくてもたいへんなんだ。その上、頭のおかしなおばあさんを、ナイフでけがさせた、なんてうたがわれたら……。

ヤンはいった。

「いつかさ、ぼくが元気になったら、いっしょにしかえししよう」

「アキとフィルに？」

「ほかにだれがいるの？」ヤンはそうこたえると、部屋の中を歩きまわりながら、今、なにをしたらいいのか、いっしょうけんめい考えた。

そして、ふと足をとめて、いった。

「ヨシュ、ナイフを出して。きれいにあらっておこう。だいじょうぶ、なにもかもうまくいくよ」

ヨシュはすこしためらっていたけど、ヤンにナイフをわたした。

ヤンはいそいで洗面所《せんめんじょ》へかけこみ、お湯を出しっぱなしにして、刃《は》のよごれをあらいながした。流れていくお湯が、赤くそまっている。ネズミばあさんの顔は思いうかべないようにしたし、このナイフでけがをしたってことも考えないようにした。

もうすぐララゾフィーが来れば、解決《かいけつ》するはずだ。

ヤンは蛇口《じゃぐち》をひねってお湯をとめると、部屋にもどってヨシュにいった。

「ナイフは、ぼくが持っとくね」

ヤンはナイフをがらくた箱にしまった。そうしたほうがいいような気がしたからだ。

あとは、ララゾフィーをまつだけだ。

うんと長いことまったあと、とおくの木々のあいだに、ようやくララゾフィーのすがたが見えた。まっすぐまえを見て歩いてくる。

ララゾフィーはこっちに手をふったりはしなかったけど、ヤンはララゾフィーだとすぐにわかった。

「来た！　ララゾフィーだ」ヨシュも、ヤンのうしろでさけんだ。ヤンのうでをぎゅっとつかんでいることも、じぶんの息がはあはあいっていることも、気がついていないみたいだ。

ふたりとも、二階のまどからララゾフィーをずっと見ていた。ララゾフィーがげんかんに近づいてきて、すがたが見えなくなると、チャイムが鳴った。

「ぼくが出てくる。ここでまってて」ヤンはいった。

さっきまで、キッチンにはママがいたのに、今は、しんとしている。

ヤンは、げんかんのドアをあけると、立っていたララゾフィーにいった。

「やあ。二階へ来て」

あれこれきかれなかったことに、ヤンがほっとしていると、ララゾフィーが、にこりともしないでいった。

「あまり時間がないの。五時には、ダンスのレッスンに行かなくちゃいけないから」

いっしょに部屋に入って、ドアをしめると、ララゾフィーはふーっと大きく息をはいた。

「どうだった?」ヤンは、ララゾフィーが「だいじょうぶだった」っていってくれるんじゃないかと思いながら、きいてみた。

ヨシュはじっとつったったまま、だまっていた。ララゾフィーがなんていうのか、わかっていたのかもしれない。

「ネズミばあさんは、血だらけで、救急車《きゅうきゅうしゃ》で運ばれたんだって。でも、そのあとどうなったのか、知ってる人はだれもいなかった。みんな、ヨシュがやったんだろう、っていってる……。でも、あたしは、そうは思ってない」ララゾフィーはヨシュを見つめた。

ヨシュはごくりとつばをのみこんだ。あとは、ひとこともいわずにだまっている。

ヤンはベッドにどさっとこしをおろして、いった。

「もちろん、ヨシュはやってないよ。やったのは、あいつらなんだ」

「あいつらって?」ララゾフィーがきいた。

いっしゅん、ヤンは口をつぐんだ。ヨシュも、スイッチが切れたみたいに、なにも話そうとしない。

しかたがないから、ヤンが、アキとフィルのことを説明《せつめい》した。いつもいやがらせをされていたこと、このまえ川であったこと、きのうナイフをとられたこと。コンテナにとじこめられたことも、ぜんぶ。

ヨシュが口をひらいた。

「ヤンは、もうすぐ手術《しゅじゅつ》なのに」それだけいうと、またしまってしまった。いっしゅんスイッチが入って、すぐにまた切れちゃったみたいだった。

ララゾフィーは、話のとちゅうでヤンのとなりにすわった。ヨシュとヤンの顔をかわるがわる見ては、何度も髪《かみ》の毛《け》の先をさわって、おちつかないようすだったけど、ときどき質問《しつもん》をするくらいで、しずかにヤンの話を聞いてくれた。それから、立ちあがっていった。

「ネズミばあさんをけがさせたのはヨシュじゃないってことを、みんなに話してみたら？」

「ぼくらのいうことなんて、だれが信《しん》じてくれると思う？」そういったけど、ヤンは、ララゾフィーが来て、ちゃんと相談に乗ってくれたことがうれしかった。

ララゾフィーはいった。

「信じるわよ。うちのパパとママとか、ラウ先生とか……」

「おれ、帰る。おれのことは、しんぱいしなくていいよ」とつぜんヨシュが、ドアにむかって、のっそりと歩きだした。

「でも、だれかに見られたら……」とヤン。

「おれのことなんか、だ、だれも、気にしてないって」

「ヨシュ！」ヤンは、ヨシュのうでをつかんだ。でも、ヨシュはその手をふりはらい、ろうかに出ると、さっさと階段《かいだん》をおりていってしまった。

げんかんでママが、「もうだいじょうぶなの？」ときいている。ヨシュが、「母さんがまってるんです」とこたえるのが聞こえた。

「ヨシュ！」ヤンはもう一度ひきとめようとして、よびかけた。ふりかえったヨシュの目が、ぎらぎらしている。どうしても帰るつもりなんだ。

どうしよう、ぼくにできること、ないのかな……。ヤンはいってみた。

「とちゅうまで、ラフィーと帰ったら？　ぼくがいっしょに行ってもいいし……」

すぐにママが、ぜったいだめ、と首を横にふった。

「じゃあな」ヨシュはげんかんを出てドアをしめてから、もう一度あけ、顔を見せた。「そ、それと、やくそく、わすれるなよ。そんなに長くはかからない、っていったろ。かならずもどってくる、って。ぜったいだぞ」ヨシュはそういうと、いそいで行ってしまった。

35 ヨシュのゆくえ

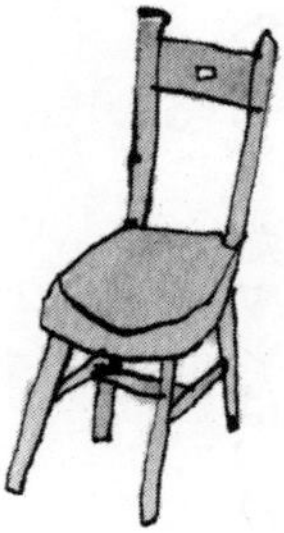

その日の夕方、パパは帰ってくるなり、ネズミばあさんがおそわれた話をはじめた。自分の部屋にいたヤンは、下からパパの話が聞こえてくると、びくっとして、いすからとびあがりそうになった。ずっとそのことばかり考えていたからだ。答えのわからない質問ばかりが、つぎつぎと頭にうかんできた。

ヨシュのこと。ズボンについていた血。ヨシュは今どんなにかなしい思いをしているだろう。それと、電話に出たヨシュのお母さんの声。きょう帰ってきたなんて。ヨシュは、だれにも気づかれないように、まわりを見ながら、ちゃんとうちに帰れたかな?

お母さんがまっているから、いそいだかもしれない。だれかに見られてたらどうしよう。警察《けいさつ》へつれていかれてしまっていたら……。

頭が爆発《ばくはつ》しそうだった。胸《むね》もいっぱいで、早くどうにかしないと、心臓《しんぞう》まではれつしてしまいそうだ。

ヨシュはたいせつな友だちなのに、どうすればヨシュの力になれるのか、いくら考えてもわからなかった。

ヨシュが帰ったあと、ララゾフィーも帰った。じぶんの部屋へもどったヤンは、ララゾフィーがさいごにいったことを思いだした。

「やっぱり、ヨシュのお母さんになんとかしてもらうのが、いちばんいいと思う。ヤンは、じぶんの体のことを考えて」

ヤンは思わずいいかえしそうになった。うちのママみたいなこと、いわないでよ、って。

ぼくだって、じぶんの体をだいじにしなくちゃいけないことはわかってる。いわれなくても、わかってるんだ。

そのあとは、いてもたってもいられなくなって、何度かヨシュの家に電話しようとした。でも、番号をおしかけては、勇気《ゆうき》が出ず、受話器《じゅわき》をおいた。

ヨシュのお母さんは、家に帰ってきたばかりで、たぶんなにも知らない。ぼくがヨシュのことを話したりしたら、ううん、ぼくが電話して、ヨシュがどうしてるかきいただけで、びっくりさせてしまうかもしれない。

ヤンは、ろうかを行ったり来たりして、洗面所《せんめんじょ》をのぞき、アメリーの部屋やパウリーナの部屋へ行ってうろうろした。部屋に入るたびに、「なあに?」「なんか用?」とうるさそうにきかれたけど、「なんでもない」と、首を横にふった。

ヨシュのこと以外はなにも考えられなくて、ずっと夢《ゆめ》の中にいるような気がしていた。

じぶんの部屋にもどり、いすにすわっていたとき、パパが帰ってきて、「広場でおばあさんが刺《さ》されたらしい」というのが聞こえた。

ヤンは、じぶんでも気がつかないうちに、耳をすましていた。そして、ドアをそっとあけてろうかに出ると、階段《かいだん》をおりていき、いきなりパパにきいた。

「そのおばあさん、死んじゃったりしないよね？」

じぶんの声がふるえているのがわかって、ヤンは、きゅうに夢《ゆめ》からさめた気がした。夢《ゆめ》じゃなかった……。そう思うと、体の中で、なにもかもがぎゅっとちぢこまって、とつぜん涙《なみだ》があふれてきた。

パパはおどろいた顔でヤンを見て、きいた。

「ヤン、どうした？　そのおばあさんのこと、なにか、知ってるのか？」

ヤンはだまった。でも、涙《なみだ》はとまらない。どうしようもなく、ひとりでにあふれてくる。ヤンは体をふるわせて泣《な》きじゃくった。

ママが大きな声でいった。

「ちゃんと話して、ヤン！」

ママはヤンをキッチンへつれていき、いすにすわらせると、じぶんもとなりにこしかけた。ガス台では、スープのおなべが湯気を立てている。

「ね、聞かせてちょうだい。なにがあったの？」ママはおなべのことも、火のこともわすれてしまっているみたいだ。

パパもやってくると、そっとガス台の火を小さくした。

ヤンはずっとふるえていた。それでも、なんとかヨシュのズボンに血がついていたことは話すことができた。ヨシュがこわくてにげだしたとき、何人かの子に見られたってことも。ぜんぶ話しおえても、体のふるえはとまらなかった。

「でも、ヨシュじゃないんだ。ぜったいにちがう」

いつのまにか、キッチンはしんとしずまりかえっていた。スープがぐつぐついう音もしない。パパが火をとめたんだろう。

「そうね。ヨシュは、そんなことしないわね」ママが小さな声でいった。

それから、立ちあがって、またガスの火をつけると、なにもいわずに、食器棚《しょっきだな》によりかかっているパパと見つめあった。

それまでだまっていたパパが、ヤンにいった。

「ヨシュは、たいへんなことにまきこまれてしまったようだな。ヨシュのお母さんは、このことを知ってるのかい？　まだなら、知らせないとな」

「うん……、知らないと思う」

「パパが電話して、話してみようか？」

「うん」ヤンは泣《な》きながら、うなずいた。でも、パパが受話器《じゅわき》をとったしゅんかん、やっぱりやめて、とさけびそうになった。

ヨシュのお母さんは、むすこのことなんか聞きたくありませんっていいだすかもしれない。それに、もしかしたら、ヨシュはうちに帰っていないのかもしれない……。ここを出てから、やっぱりどこへ行けばいいのかわからなくなって……。

「ヤン！　まだかくしてることがあるの？」ママがきいた。

「ないってば」ヤンは深呼吸《しんこきゅう》しようとした。でも、おなかに、ずっしりと重い石が入っているみたいで、思うように空気がすいこめない。

ママがぐっと近づいてきて、ヤンの顔をのぞきこんでいった。

「ヤン！　来なさい！」

ママはヤンをひっぱってリビングへつれていき、ソファに横になるようにいった。

いやだよ、ぼくは病気じゃない。

「ママ……」ヤンはソファにすわり、気がつくと、一気にヨシュのお母さんのことを話していた。

どこへ行ったのかわからなかったこと、「だいじなお届《とど》けもの」のこと。行き先もいわないでるすにするのは、今回がはじめてじゃないってことも。

「いつものことだから。ヨシュは、なれてるんだ」

「そんなばかな……」ママはいっしゅん、ヤンのことも、心臓《しんぞう》の手術《しゅじゅつ》が近いことも、みんなわすれてしまったみたいに、びっくりした顔をした。

ヤンは肩《かた》をすくめ、ヨシュはなにもやってない、と、もう一度いうと、ソファのクッションに顔をうずめた。

息がくるしい。それから、ヤンはわあわあ泣《な》きだした。

もうなにもかも話したんだと思うと、気分はらくだった。でも、じぶんがしゃべったせいで、もっとひどいことになるかもしれないと思うと、不安《ふあん》でたまらなくなってくる。

「だいじょうぶよ」ママがいった。

まもなく、アメリーとパウリーナもリビングに入ってきた。いやだなあ。泣《な》いているところなんか、見られたくないのに。お姉ちゃんたちは、どうして泣《な》いているのか知らないはずだ。だけど、なにもかも話さなくちゃいけないってことはないよね……。

ふたりとも、ヤンにやさしかった。パウリーナは、すぐに毛布《もうふ》を持ってきてくれた。

パパは、電話で話をしている。ヤンは聞かないようにした。ヨシュがもっとこまるようなことになるんじゃないかと思うと、聞いていられなかった。ヨシュのお母さんだって、いやな気分だろう。ヨシュをひとりぼっちにしていたことを、パパやママに知られてしまったんだから。ヨシュは、おまえがしゃべったからよ！　っていわれて、ひどくしかられるかもしれない。

パパが電話をおえてもどってくると、みんなで夕食のテーブルについた。スープを飲みはじめると、ヤンは、ちょっぴりほっとした。

それからパパは、「ヨシュはうちに帰っていないそうだ」といった。つまり、ヨシュがどこでなにをしているのか、だれにもわからない、ということだ。でも、パパはいってくれた。

「しんぱいするな、ヤン。パパたちが、なんとかするよ」

夕食のあと、パパは上着を着てくつをはくと、いった。

「ヨシュをさがしにいってくるよ。安心しろ。パパが、かならず見つけるから」

パパを信《しん》じよう。そうじぶんにいいきかせると、すこし気持ちがらくになった。ぜ

んぶ話してよかった、って思えるようになるといいな。ヨシュはなにもしてないって
わかってもらえて。ヨシュのことだ、きっとだいじょうぶ。

ヤンは何度も何度もまどから外を見たり、げんかんに行ってみたり、受話器《じゅわき》をとって、ちゃんと電話がつながっているかたしかめたりした。

「きっと見つかるって。そしたら、なにもかもうまくいくわよ」まどべに立っているヤンに、アメリーがいってくれた。

外は、もう暗い。ヤンはさむけがして、上着をさがした。なんとなく足が重い。気持ちも。でも、まだベッドに入る気になれない。

パウリーナがヤンの顔を指さしていった。

「ヤンのくちびる、まっ青!」

すぐに、ママがとんできた。ママはヨシュのこともしんぱいしているけど、ヤンのこともやっぱりしんぱいでたまらないのだ。

「ヤン、おねがいだから、もう、寝《ね》てちょうだい。これ以上《いじょう》起きてまっていたって、しょうがないわ」ママもつかれた顔をしている。

ヤンはうなずいて、洗面所《せんめんじょ》へ行き、歯をみがいた。

何度か車のエンジン音が聞こえた気がして、歯ブラシを持つ手をぴたりととめた。

歯みがき粉《こ》をぺっとはきだし、口をゆすぐ。

それから、ろうかのおくの子ネコたちを見たあと、ベッドに入った。

今ごろヨシュは、ひとりぼっちで、やみの中を、行くあてもなく歩いているかもしれない。

ぼくは家にいる。もちろんヨシュはわかってくれているだろうけど、いつもぼくは、だいじなとき、そばにいてあげられない……。

ヤンはベッドの上で、また起きあがった。ぼくの体が、ラッセやララゾフィーみたいに、じょうぶだったらなあ。そしたら、このまどから外にぬけだすのに。

じぶんがこっそりまどからシーツをたらし、それをつたって、花だんにとびおりるところを思いうかべていると、とつぜん、外で物音がした。かすかな音だけど、たしかに聞こえた。

ヤンは息をひそめた。心臓《しんぞう》の音が、どきどきとはやくなった。

夢《ゆめ》？　それとも、まどの下にだれかいるんだろうか……。

ヤンはしずかに毛布《もうふ》をどけると、暗い部屋の中を歩いていって、まどから外をのぞいてみた。

サクランボの木のむこうに黄色くて大きな月が見える。満月《まんげつ》をすぎたばかりの明るい月の光が、だれもすわっていない庭のベンチをてらしている。物置《ものおき》小屋のまえには、ヤンの自転車がとめてある。

あたりはひっそりとしていた。ヤンは、暗がりの中に目をこらした。

やさい畑、植木鉢《うえきばち》……。

すると、だれかがさっと庭を横切って、また暗がりの中に消えた。

ヨシュだ！　まちがいない。物置《ものおき》のかげからそーっと出てきて、こっちへ近づいてくる。ヨシュが、ヤンの部屋のまどを見あげた。

ヤンは、まどをあけて、小声でよびかけた。

「ヨシュ、パパたちがさがしてるよ」

「だから、ここに来たんだ」はあはあ息を切らしている。

ここから見るヨシュは、なんてちっちゃいんだろう……。

また、ヨシュの声がした。

「おれのことは、しんぱいするな。物置《ものおき》にかぎがかかっていないみたいだから、ちょっと、中で休ませてもらう」

「ヨシュ！　ヨシュはなにもわるいことしてないんだから、こわがらなくても、だいじょうぶだよ。パパだって、ヨシュのために、さがしにいったんだ」

「おれはこわがってなんかいない。でも、家にはもどらない。と、とにかく、今はだめだ」

ヨシュは、すぐそこに立っている。

ヤンはあせった。もっとなにかいわなくちゃ。だけど、なんていえばいい？

「いいつけるなよ」とヨシュ。

「そんなことしないよ」

ヤンはいそいでクローゼットから毛布《もうふ》を出して、まどから暗い庭を目がけてなげおとすと、いった。

「ぼくもそっちに行こうか？」

「だめだ。あさってから入院だろ。おれも、そんなに長くいるつもりはないから」

ヨシュは物置《ものおき》のとびらをあけると、ヤンにむかって手をふり、中へ消えた。とびらが、しずかにしまった。

ヤンはまどをしめて、ベッドにもぐり、毛布《もうふ》をあごまでひっぱりあげた。

そうだ。ヨシュは、おなかがすいているかもしれない。今ごろ思いつくなんて……。

でも、きっとだいじょうぶだ。ヨシュは、いつもいろんなものをポケットにいれているもの。それに、すこし休んだら、またすぐに出ていくっていったし。

ぼくが、いいつけたりするもんか。ほんとうは、ママに知らせなくちゃいけないのかな……ううん、知らせなくていいような気がする。

ヨシュは頭がいいから、きっとなにか考えがあるんだ。それを手伝ってあげなくちゃ。でも、どうしたらいいんだろう？　どうしたら、ヨシュをたすけてあげられる？　ぼくも、じぶんの頭で、ちゃんと考えてみよう。

あとからあとから、いろんな考えがわきだしてきた。心臓《しんぞう》が、どきん、どきん、と大きな音を立てている。

とおくで、飛行機《ひこうき》の音がした。はるか上空の暗やみをとびさっていくエンジンの音。

ヤンは、ふかく息をすった。落ちつかなくちゃ。頭を冷《ひ》やすんだ……。

ふっと息をはきだし、また大きくすいこむ。

すこし休もう……。ヨシュも休んでるんだから……。

ぼくのたいせつな友だちは……すぐそばにいるんだから。

36　ふたりだけのひみつ

目がさめたとたん、ヤンは物置《ものおき》小屋にいるヨシュのことを考えた。家の中は、しんとしている。まだ、みんな寝《ね》ているんだ……。

そーっとベッドから出て、まどの外をのぞいてみると、物置《ものおき》のとびらが、半分あいているのが見えた。

ヨシュはもう起きて、出ていったようだ。木の下の小さなベンチに、毛布《もうふ》がおいてある。たぶん、ついさっきまで、ヨシュがくるまっていた毛布《もうふ》。まだ、あったかいかもしれない。

ヤンは、今すぐとりにいきたくなった。

だけど、用心しなくちゃ。ヨシュがあそこにいたことは、ふたりだけのひみつだ。

ひみつはぜったいに守る。

ほかの人がなにをいっても、ヨシュがうそをついてるって思う人がいても、かんけいない。ぼくはヨシュを信《しん》じてるんだから。

ヨシュには、またすぐ会える。会えるに決まってる。

ヤンはもう一度ベッドに入って、うとうとしているうちに、またぐっすりねむってしまった。

キッチンから、カチャカチャと食器《しょっき》の音が聞こえてきて、ヤンはもう一度目をさました。しばらくすると、いつものようにママが起こしにきた。

「よくねむれた？」ママは、たしかめるようにヤンの顔をのぞきこんでいる。

「うん、ねむったよ。パパは帰ってきた？　なんか、わかった？」ヤンも、ママの顔を見つめた。

ママは、「それがね……」といって、ベッドのはしにこしかけると、かなしそうに首をふった。「パパは、おそくまでさがしてくれたんだけど、ヨシュがどこにいるのか、やっぱりだれもわからないらしいのよ」

ヤンはうなずいて、「ふうん」と返事をしてから、つづけてきいてみた。

「ね、ママ、見つかったら、ヨシュはどうなるの？」

ママは、ヤンの髪《かみ》をなでつけながらいった。

「みんなで、ヨシュをたすけてあげたいと、ママたちは思ってるわ。お母さんのこともね」

「みんなって？」

「パパやママや、ほかにも、力になってくれる人たちがいるはずだから」

ヤンは、もっとくわしくきこうとして、やめた。じぶんにはなにもできないんだと、気がついたからだ。今は、ヨシュになにもしてあげられない。

「ネズミばあさんは、どうなったの？」

ママが、ヤンの髪《かみ》をなでていた手をひっこめて、じっとヤンの顔を見た。

「ネズミばあさんだなんて。ちゃんとお名まえがあるのに。あの人は、カルラ・ブロートさんというの。傷《きず》がひどいから、今、集中治療室《ちりょうしつ》にいるそうよ。元気になってくれるといいんだけど」

集中治療室《ちりょうしつ》……。

ヤンは「もうすぐぼくもそこに行くんだ」と思った。でも、それは口に出さずに、ベッドをとびだした。

「ちこくしちゃう」

「だいじょうぶよ」ママはわらって、ヤンのあとを追うように部屋を出た。

37　ほんとうのこと

学校へ行ってみると、ヨシュのことと、病院にはこばれたネズミばあさんのことで、大さわぎになっていた。ほんとうの名まえは、カルラ・ブロートさん。

クラスのほとんどの子が、ネズミばあさんを知っていた。話しかけられたことがあるという子もたくさんいる。

でも、ネズミといっしょにいるところを見た子は、ひとりもいない。

ラウ先生がいった。

「それなのに、どうしてみんなは、ネズミばあさんって、よんでるんだ？　おかしいだろ？」

みんなが口々に、ネズミばあさんの悪口をいいだした。

「だって、くさいんだもん」

「それに、きゅうにそばに来て、かってにおこりだすの」

するで、先生がいった。

「きみたちのいうとおり、たしかに、身なりはきれいじゃないし、すこしかわった人かもしれないね。でも、はじめからそうだったわけじゃない。

むかし、とてもかなしいできごとがあったんだ。ブロートさんには、男の子がひとりいた。でも、その子がまだみんなより小さかったとき、お母さんの手をふりほどいて道にとびだし、とおりかかったバスにひかれて死んでしまったんだ。お母さんのブロートさんの、目のまえでね」

教室の中は、しんとしずまりかえった。ラウ先生はつづけた。

「ブロートさんは、そのかなしい事故《じこ》から、立ちなおることができないんだろう」

みんなはおどろいて、顔を見あわせた。だれひとり、そんな話は聞いたことがなかったのだ。

ヤンは、ヨシュも事故《じこ》にあったらどうしよう、とちょっぴりしんぱいになった。

でも、いきなりとびだすはずがない。ヨシュは小さい子じゃないもの。

そのうちに、みんながヨシュについて話しはじめたので、ヤンは、大きな声でいった。

「ブロートさんにけがをさせたのは、ヨシュじゃないんだ」

「どうしてわかるんだよ」

「にげたんだから、ヨシュに決まってるよ」

ほかの子たちが口々にいった。ヤンは、ますます大きな声でいった。

「ちがう！　ヨシュは、じぶんのいうことを、だれも信《しん》じてくれないんじゃないかって、こわくなっただけだ。そう思ったら、だれだってにげだすよ」

そのとき、レオンがいった。「ぼくは、ヨシュはやってないって信《しん》じるよ」

「ぼくも」とモーリッツ。ふたりには、さっき校庭で会ったとき、ヤンが知っていることをぜんぶ話しておいたのだ。

すると、ラッセがえらそうな口調でいってきた。

「きみは、いつもそうやって親友をかばうけど、いずれ真実が明らかになると思うよ。

ヨシュは、すぐ頭に血がのぼるし、そしたら、いつも、だれにでもとびかかっていくじゃないか。それに、ネズミばあさんといっしょにいたのを見た人もいる。ヨシュは血を流したおばあさんのそばから、にげていったんだろ」

「でも、やったのはヨシュじゃない」ヤンはいいかえした。

ふたりのいいあいを聞いていたラウ先生がいった。

「とにかく、ヨシュがもどってきてくれるのをまとう。はっきりしたことがわからないうちから、決めつけてはいけない。この国の法律《ほうりつ》にも、そう書いてあるんだよ」

ヤンには、まだいいたいことがあった。クラスじゅうが、意見をいいたりなくて、いっこうにしずかにならない。

ヨシュの味方をする子。ヨシュが犯人《はんにん》だという証拠《しょうこ》がたくさんある、といいはる子。

ヤンも、じぶんが知っていることを、いっしょうけんめいみんなにつたえようとした。ネズミばあさんをおそったのは、ヨシュじゃなく、アキとフィルなんだ。ふたりはいつだってよわいものいじめばかりしているし、ヤンがさいごにあのナイフを見たのは、あのふたりが持ってるところだったんだから。

ヨシュがもどってくれれば、なにもかも、はっきりするのに。ほんとうのことは、かならず、明らかになるはずなんだ。

38　入院はあした

ほんとうのことさえわかれば……とヤンがまだ考えているうちに、算数の授業《じゅぎょう》がはじまった。先生が、分数の割《わ》り算を説明《せつめい》している。

ヤンはまどの外をながめた。日の光をうけて、ボダイジュの葉がかすかに風にゆれている。ぼくもどこかへ行っちゃいたいなあ……。

ヨシュは、どこにいるんだろう。暗い地下室かな。ひょっとしたら、森の中にかくれているのかも。

「森には、いくらでもいい場所があるからな」

ヨシュは、ついこのあいだ、そういっていた。もし、ふたりだけでくらすとしたら、と話していたときだった。森のおくの、アキやフィルに見つからない場所に、ツリーハウスを作って住もう。手術《しゅじゅつ》がおわったら、いつか、ほんとうにやってみようよ、って。

ララゾフィーはずっと、ヤンのほうをちらちら見ていた。ヤンのしんぱいごとを、ぜんぶ、わかっているのかもしれない。ようすをたしかめてきてほしいと電話でたのんだときから、こんどの事件《じけん》を、じぶんのことのように思ってくれている。

手術《しゅじゅつ》さえなかったら、ヨシュのためになんだってするのに……と思いながら、ヤンは、ロッカーをながめ、それから、机《つくえ》の上のノートを見た。

分数の授業《じゅぎょう》はまだつづいている。

今はヨシュのことを考えるのはよそう。ぼくには、やらなくちゃいけないことがある。しっかりと手術《しゅじゅつ》を乗りこえて、もっとつよくなったぼくを、みんなに見せなくちゃ。

ヨシュだっておなじだ。ヨシュも、きっとじぶんの力で、今回のことを乗りこえるだろう。

手術《しゅじゅつ》がおわれば、今よりもっとたくさんのことができるようになる。ヤンは、手術《しゅじゅつ》の日が決まっていてよかったと思った。ママがなにをいっても、予定はもうかわらない。

けさ、朝ごはんを食べていたとき、ママはヤンに、「こんなおちつかない気持ちで、もうすぐ手術《しゅじゅつ》だなんて、だいじょうぶ？」ときいた。

すぐにパパが、こわい顔でママを見た。その顔は、「ヤンにはいわないほうがいい」といっていた。

ヤンは、あわてていった。

「ぼくは、へいきだよ！」そりゃあ、手術《しゅじゅつ》がすごくたのしみってわけじゃないけどさ……。

休み時間になると、ララゾフィーがヤンの席《せき》に来て、いってくれた。

「ヤンとヨシュの分の宿題は、あたしがあずかっておくね」

「ありがとう、たすかるよ」とヤン。

「算数は、ヤンがもどってくるまで、なんとかじぶんで、がんばってみる」

「うん。手術《しゅじゅつ》がおわったら、またいっしょに勉強しよう。わからなかったところは、まとめて教えるよ」

きゅうにヤンは学校がおわるのがまちどおしくなった。帰ったら、入院するときに持っていくものをバッグにつめ、病院に出す問診票《もんしんひょう》を書いて、あとは、おとなしくしていよう。

そうだ、物置《ものおき》になにか食べるものをおいていかなくちゃ。ぼくがるすのあいだに、ヨシュがおなかをすかせて、こっそりやってくるかもしれない。

ようやく授業《じゅぎょう》がおわると、ヤンはいそいでうちへ帰った。

部屋に入ると、大きなバッグがおいてあった。いつも夏休みの家族旅行に持っていくボストンバッグだ。

でも、きょうは水着をつめるわけじゃない。「アステリックス」のコミック本を二さつと、「自然《しぜん》かんさつノート」。小型ゲーム機。パジャマ、下着、T《ティー》シャツ。筆記用具。あたたかいソックスと、ジーンズもいる。三週間、ずっと手術台《しゅじゅつだい》の上ですごすわけじゃないんだから。

手術台《しゅじゅつだい》は、まえに見たことがある。

あそこには、まる一日だっていないはずだ。ぼくは麻酔《ますい》をかけられ、じぶんがどこにいるかもわからなくなるけど。

じゅんびをすませると、あとはあしたの出発をまつだけになった。

でも、ヤンはこの時間がきらいだった。時計の進みかたが、きゅうにゆっくりになる気がする。

きょうはヤンをはげますために、おばあちゃんが来てくれた。

アメリーは、なんだかいらいらしていて、「あたしのジーンズを熱《あつ》いお湯でせんたくしたの、だれよ！」と、大さわぎしている。お気にいりが、ちぢんではけなくなったらしい。パウリーナは、あたしにぴったりになった！　とうれしそうだ。

ふと、ヤンは、じぶんがどこかとおいところにいるような気がした。体はここにあるのに、気持ちは、よそへ行っているような感じ。

ヤンは何度もまどの外をのぞいて、晴れた水色の空をながめ、ヨシュのことを思った。

ヨシュ、今、どこにいるの？

39　病院へ

よく朝、ヤンはママと車で出発した。

ママがＣＤ《シーディー》をかけてくれたので、ヤンは気がらくになった。音楽が流れていれば、だまっていても、気まずくない。きょうは、なにを話したらいいのか、わからなくなりそうだもの。着いたらなにがまっているのか、ふたりとも、よくわかっているから。

ヤンの大すきな曲のところに来ると、ママといっしょに大声でうたった。おなじ曲を三回もくりかえしてかけた。

ＣＤ《シーディー》がおわってしまうと、外のけしきをながめた。広がる草原。そのむこうに見える森。風力発電の風車がいくつも、しずかにまわっている。

ヤンは、鉄塔《てっとう》のうちの一本に、じっと目をやりながらいった。

「ね、ママ、上のほうに、だれかいると思う？」

ママは、まっすぐまえをむいたまま、こたえた。

「ええ、ママは、いるって信《しん》じてるわよ。どんなすがたをしているのか、だれも知らなくても、写真にうつらなくても……」

「ちがう、神さまのことじゃないよ。神さまは、どこかにいるだろうけど。ぼくがきいたのは、風力発電がうまくいってるかどうか、塔《とう》の上で見ている人がいるのかなってこと」

かんちがいに気がついたママは、しまった、という顔になり、いっしゅん上をむいたあと、わらいながらいった。

「ママ、ときどき、早とちりしちゃうのよね。ヤンは、わかってるか」

ヤンは、ママのそういうところがすきだ。

きょうは、ふたりきりのドライブ。ママがいっしょなのは、うれしい。

行き先は、病院なんだから。そこには、ヤンのような重い病気の子どもたちが入院する、大きな小児病棟《しょうにびょうとう》がある。

着いてみると、はじめて来たわけじゃないのに、まるで、知らない世界にまよいこんだような気がした。

病室に入ったヤンは、ママとふたりでバッグの中のものをとりだした。となりのベッドでは、男の子が点滴《てんてき》をしながらねむっている。そのむこうのベッドも使っているみたいだけど、今はだれもいない。

そういえば、さっきちょっとのぞいたプレイルームで、何人かの子があそんでいた。でも、今すぐあそびにいく気にはなれないや……。

しばらくすると看護師《かんごし》さんが来て、入院してはじめての診察《しんさつ》につれていかれた。先生はヤンの血圧《けつあつ》をはかると、胸《むね》に聴診器《ちょうしんき》をあてて、心臓《しんぞう》と肺《はい》の音を聞いた。

そのあとは、体重計に乗った。やせすぎだ。ヤンは、ヨシュのことを思い出した。いっしょに乗って、二で割《わ》ればちょうどいいのにな。ヨシュは今、どこにいるかわからないけど……。

でも、家にいるときとはちがって、ゆっくりとヨシュのことを考えている時間はなかった。すぐにべつのお医者さんや看護師《かんごし》さんたちがやってきたのだ。

ぜんいん親切だったけど、やっぱりママがいてくれてよかったと、ヤンは思った。麻酔科《ますいか》のお医者さんは、サッカーや水泳の話をしたり、ヤンに、手術《しゅじゅつ》がおわったらなにがいちばんしたいかきいたりして、しばらくおしゃべりの相手をしてくれた。

「手術《しゅじゅつ》は、このチームで、あさっての朝八時からおこないます」と、シューマン先生がいった。

シューマン先生は、手術《しゅじゅつ》の中心になる外科のお医者さん。すらりと背《せ》が高くて、まだ若《わか》い。

先生がいろいろ説明《せつめい》してくれるのを聞きながら、ヤンは、ボールペンをくるくるまわす先生の手を見ていた。

ぼくの手術《しゅじゅつ》をしてくれる手だ。あの手で、ぼくの胸《むね》をひらいて、心臓《しんぞう》をすこしのあいだとめて、それから……。

シューマン先生はやさしそうだし、声もよかった。

それに、手術用《しゅじゅつよう》のメガネ形ルーペを持ち歩いていて、ヤンにも見せてくれた。かけてみると、まわりのものが三倍にふくらんだ。先生は、ヤンにいった。

「手術《しゅじゅつ》の朝は、なにも食べちゃいけないよ。知ってるね？」

「はい、知ってます」ヤンはうなずいた。手術《しゅじゅつ》ははじめてじゃない。

夕方になってから、パパに電話して、話をした。とちゅうからは、パパとかわったアメリーとパウリーナが、ヤンにいろいろきいてきた。

「また、おいしいお食事つき?」と、アメリー。

「うん、高級レストランって感じだよ。なんだってあるし、すきなだけ食べていいんだって」

「だったら、あたしたちも行こうかな」

「やめといたほうがいいよ」ヤンはわらった。それから、深呼吸《しんこきゅう》をして、きいてみた。

「なにか、わかったことはない?」

いっしゅん、電話のむこうがしずかになって、また、パパが電話に出た。

「まだ、わからないんだよ。ただ……」

パパは、ヤンがちょっぴり安心する話をしてくれた。

子どもがひとりぼっちでるす番しなくちゃいけない家をたすけてくれる専門家《せんもんか》がいること。その人たちのおかげでヨシュのお母さんは、もう「だいじなお届《とど》けもの」をしに出かけたり、とつぜんよその赤んぼうの子守りをしたりしなくてすむようになるはずだってこと。

ヤンは「ほんとうはお届《とど》けものなんかないし、子守りだってうそなんだ」と、いいそうになった。

それに、ヨシュのお母さんはときどき新しい恋人《こいびと》をつれて帰ってくるけど、ヨシュは頭がいいから、そんな人はまたすぐいなくなるってわかってるんだよ、という話もしたかった。

でも、やめておいた。たぶんこれは、いわないほうがいい。今は、ヨシュにとってすべてうまくいくように、いのるしかない。親友だもの。

ヨシュとぼくの気持ちはひとつだ。ことばでいわなくたって、ヨシュとはわかりあっている。

40 手術室《しゅじゅつしつ》

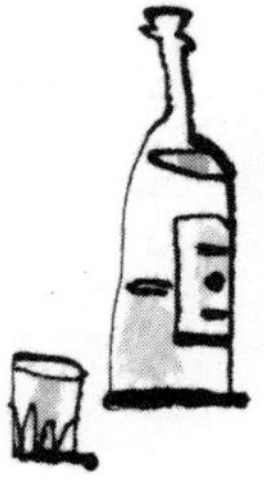

朝早く、まどの下のしげみから、スズメたちの口げんかが聞こえてきた。水色の澄《す》んだ空。
うでが、すこしむずむずする。看護師《かんごし》さんが点滴《てんてき》を固定して、包帯《ほうたい》をまいてくれた

ところだ。

「いい夢《ゆめ》が見られるように、ここからまほうの薬が体に入っていきますからね」といっていた。

みんなは、きょうも学校だ。放課後《ほうかご》は川へ泳ぎにいくかもしれない。水はまだつめたいだろうな。夏は、はじまったばかりだもの。

家にいたときは、みんなが毎日のように、手術《しゅじゅつ》のことを話していた。だから、かえってその日が、いつまでも来ないような気がしていた。

でも、いよいよきょうなんだ。けさは朝ごはんもぬきだ。ヤンは、ママとトランプをして、手術《しゅじゅつ》の時間をまっていた。

ママは、ヤンの顔ばかり見ていて、じぶんの番になったのに気がつかない。

「ママの番だよ。二枚《まい》ひいて」

「あ、はいはい」

そこへ、看護師《かんごし》さんが特別なジュースを持ってきた。あまいけど、ちっともおいしくなくて、飲むとねむくなるジュース。

いたいのも、なんにもわからないくらい、ぐっすりねむれるといいな……。

ヤンが手術室《しゅじゅっしつ》へはこばれていくあいだも、ママはベッドのそばについていてくれた。なんだか、いつものママじゃない気がする。

ヤンは頭を持ちあげようとして、あきらめた。もう、重くて動かない。ママの声がした。

「だいじょうぶよ、みんながついてるんだから」目が涙《なみだ》で光ってる。……ママの手がほっぺたをなでてくれてる。

「ヤン……」

ママのささやく声が聞こえたしゅんかん、ヤンは大きな声でママにいってあげたくなった。

ママ、泣《な》かないで。また、いっしょに帰れるんだから。

でも、まぶたが重い。口も、体も、ぜんぶ重い。元気に手をふってあげたいのに。

ママの目から、涙《なみだ》があふれそうになっている。ここから先は、ママは入れない。

手術室《しゅじゅっしつ》のドアをとおってもまだ、ヤンはまわりの音がかすかに聞こえていた。

でも、さらにおくへはこばれていくうちに、なにもかもが、ぼんやりとした霧《きり》につつまれていった。

緑色の霧《きり》だ……灰色《はいいろ》かな……。ねむいなあ……なんてしずかなんだろう……なんにも聞こえない……。ねむくて、たまらないや……きっと、だいじょうぶだ……手術《しゅじゅつ》はうまくいく……。

41　水色の夢《ゆめ》

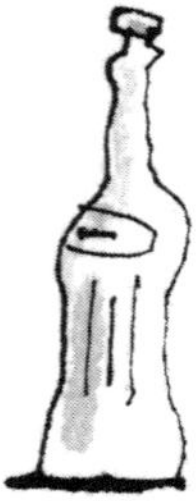

ヤンは、空中をふわふわとただよっていた。

まわりには、ケーブルやねじがういている。それをかきわけながら、どんどんのぼっていくと、緑色や灰色《はいいろ》に見えていた天井《てんじょう》が、水色の空にかわった。

どこからか、わらい声が聞こえてきて、気がつくと、そばにネズミばあさんがいた。おばあさんはヤンのほっぺたをさわり、「まほうの薬を持ってきてあげたよ。ほら」といいながら、大きなびんをシャカシャカふって、中の青いジュースをヤンに飲ませた。「かわいいぼうや。しんぱいしたんだよ。でも、もうだいじょうぶ。歌をうたってあげようね」

おばあさんは頭をぶんっとふって、白髪《しらが》だらけの長い髪《かみ》をうしろへやると、ヤンの頭をなでながらうたいだした。

ヤンはだまって聞いていた。歌声は、とてもきれいだった。

ふいに、ヨシュの声がした。

「恋人《こいびと》ができたときの母さんも、よくうたってるよ」

いつのまにか、ヨシュがとなりにいた。

ヤンは空中を泳いで、どんどん上へのぼっていった。水色の空も、ぐんぐん広がっていく。あわてて追いかけてきたヨシュが、息をはずませてきいてきた。

「どうだ？　なにか見えるか？」

「頭の上に、雲がすこし見えるだけ。あとはよく見えないよ」ヤンは大きな声でこたえた。

「神さまは？　ちょっとは、見えるだろ？」と、ヨシュ。

ヤンは深呼吸《しんこきゅう》をした。のぼりつづけるのはらくじゃない。

「どんなすがたをしてるのか知らないんだから、たとえ見えてもわからないよ」とヤン。

「ぜったい、そのへんにいるって。賭《か》けてもいいぞ」

ヤンはわらって、「五十セント（お金の単位。五十セントは五十円くらい。）にする？」とさけぼうとしたけど、やめておいた。負けたらいやだし、神さまがそばにいるかどうかなんて、わかりっこない。

それに、せっかくこんなに気持ちがいいんだもの。なにもかもが、はるかとおくのほうにあって、どこまでも、ただよっていけそう。

しばらく宙《ちゅう》にうかんでいるうちに、ふっとヨシュのすがたが消えて、ヤンはひとりになった。

でも、ここは明るいし、ぜんぜんさむくない。体も、どこもいたくない。ネズミばあさんはなにかささやくと、また、歌をうたってくれた。

歌声がやむと、あたりはひっそりと、しずまりかえった。

42 目がさめて

手術中《しゅじゅつちゅう》からこんこんとねむりつづけていたヤンは、しばらくして目をさました。まだ、頭がぼうっとしていて、目もかすんでいるし、耳もぼんやりとしか聞こえないけれど、薬のおかげで、いたみは感じなかった。

ここ……どこだろう？　手術台《しゅじゅつだい》じゃなく、ベッドの上だ……。だれかがなでてくれてる……だれかな……なにか、いってる……。

ヤンは、またすぐに、ふかいねむりにひきずりこまれた。

やがて鼻の管《くだ》がはずされて、じぶんで息ができるようになると、だんだん頭もはっきりしてきた。

すっかりもとどおりになるには、まだ時間がかかるだろう。でも、夢《ゆめ》の中をただよっていたときとはちがって、目はさめている。

ヤン、と耳もとでささやく声がして、だれかが、うでをさすってくれた。

「ヤン」

目をあけると、顔が見えた。泣《な》いてる。……ああ、ママだ。ヤンは息をすって、ママの顔を見つめた。

「よくがんばったな。手術《しゅじゅつ》は、うまくいったぞ」もうひとつ、べつの顔が見える。パパ、かな……？

体にはまだ、管《くだ》や計器《けいき》の電極《でんきょく》がいくつもついていて、おなかの上をケーブルがはっている。血圧《けつあつ》とか、呼吸《こきゅう》とか、いろんなものをはかるためだ。とく、とく、と心臓《しんぞう》が動いているのを感じる。まわりのようすも、しだいにわかってきた。

でも、まぶたがかってにとじてしまう……。

ヤンは大きく息をすった。ことばが、ひとことも出てこない。まるで、ふかい穴の底《そこ》にいるようだった。

43　ヨシュからの電話

お医者さんも看護師《かんごし》さんも、順調《じゅんちょう》によくなっている、といってくれた。

でも、ヤンは信《しん》じられなかった。管《くだ》はつぎつぎにはずされていくけど、気分はどんどんわるくなって、いたみまで感じるようになってきたからだ。

ヤンは、「いたい。いたいよう」と声をあげた。もう赤んぼうじゃないけど、がまんできない。のどもからからで、ねむりたいのに、ねむることもできない。

「ヤン、もうすこし、がんばってね。つよいお薬を使ったから、それをぜんぶ体から出してしまわないといけないのよ」

いやだよ、こんなの、ひどいよ……。ヤンはもんくをいいたかったけれど、いつのまにかねむってしまった。

そのあと目をさましたときも、気分はよくなっていなかった。

でも、つぎの日は、いいこともあった。

「何日たったの?」ヤンはママにきいた。

「手術《しゅじゅつ》がおわって、きょうで四日目よ」

たったの四日? もっとたくさん時間がたった気がするけどな。

その日は、ようやく水を飲ませてもらって、ほんのすこしだけ、ごはんも食べられた。

そのあと、まだ集中治療室《ちりょうしつ》にいるのに、アメリーとパウリーナが、おみまいに来てくれた。

ふたりは、ほんのちょっとしかいなかった。ヤンをつかれさせてはいけない、といわれていたからだ。

すこしのあいだでも、ヤンはうれしかった。ふたりがちょっとおしゃれをしてきてくれたことも、すぐに気がついた。

パウリーナがいった。

「ヤンがいないと、家の中がしずかなのよね」

「だろうなあ」ヤンはいった。ほかには、なにもいうことを思いつかない。おかしな気分だ。まだ、じぶんがじぶんじゃないような気がするし、姉さんたちも、なんとなくいつもとちがう。ちょっぴり知らない人みたいな感じ。

それでも、ひとつだけ質問《しつもん》が頭にうかんできた。

「ヨシュは見つかったの？」

ヤンのまくらをなでていたママが、いっしゅん、手をとめたのがわかった。ママはいった。

「ヤンのことを、しんぱいしてたわ」

「じゃあ、見つかったんだね」

とつぜん、入院するまえに気がかりだったことが、頭の中に、わっとおしよせてきた。長い旅からやっともどってきたみたいに。

ヨシュはどうなったの？　ネズミばあさんは？　ぼくみたいに、入院してるんだよね？　ヨシュは犯人《はんにん》にされちゃったの？

つぎつぎとヤンが質問《しつもん》をするので、アメリーとパウリーナはこまったような顔で、ママのほうを見た。ママがいった。

「ええ、ヨシュとは、話したけど……」

「今、どこにいるの？」といって、ヤンはごくりとつばをのみこんだ。体がだるい。心臓《しんぞう》がどきどきしてきて、胸《むね》の傷《きず》のいたみを感じる。

ママは、ヤンの顔を見つめて、いった。

「ちゃんと、おうちにもどってるわよ。とにかく、もうすこしまちなさい。ヨシュは、だいじょうぶだから」

ヤンはうなずいた。知りたいことがたくさんあるけど、今はよそう。家にもどってきたってわかっただけで、じゅうぶんだ。

アメリーがいつものように馬の話をはじめたので、ヤンはだまって聞いていた。つぎは、パウリーナがしゃべりだした。

「あたしね、フランス語の宿題を、いつもの三倍もまじめにやったの。ヤンも、がんばってるんだからって思って。そしたら、どうなったと思う？」

ヤンは力なく、首を横にふった。

「成績《せいせき》がふたつもあがったの！」パウリーナはにっこりした。

「すごいや」ヤンもわらった。

「でしょ！」

ママをのこしてふたりが帰ってしまうと、ヤンはすぐにねむりに落ちた。

さらに二日たって、とうとう集中治療室《ちりょうしつ》を出ることになった。きょうからは、ひとりじゃない。一般病棟《いっぱんびょうとう》の四人部屋で、手術《しゅじゅつ》のまえに友だちになったマリオともいっしょだ。

年下のマリオは、ヤンを見るとさっそくやってきて、ベッドの上にジグソーパズルの箱をおくと、いった。

「百ピースだよ。やってみる？　ぼくは、あっというまにできちゃった」

「ありがとう」とヤン。

あとのふたりは、オーリとベン。年はヤンとおなじくらいだ。さっきから、ひとつのベッドにすわって、たのしそうに、小型ゲーム機であそんでいる。

ヤンははじめ、横になったまま、なにもいわずにふたりを見ていた。でも、声をかけてみると、すぐになかよくなれた。

ドアがあいて、看護師《かんごし》さんが入ってきた。ママは、そのあいだにさっと病室を出ていったかと思うと、本を持ってもどってきて、「読んであげるわね」といった。

ヤンはおとなしく、読んでもらうことにした。病院では、「ちっちゃい子みたい」

とか「あまえんぼうだ！」とかいって、からかわれるしんぱいはない。

みんな、今はあまえたっていいってわかっているから。

ママが読んでくれたのは、ある晩《ばん》、「世界をすくいなさい」といわれた男の子の物語（デンマークの作家ビャーネ・ロイターが書いた『ホダー、世界をすくう』という子どもむきの本。）だった。

「……ホダーは、とてもおどろきました。うそだろ？　ぼくみたいな子どもが、どうやって世界をすくえばいいんだ？　世界があぶないって、どういうこと？　ホダーはひと晩《ばん》じゅう、そんなことばかり考えていて、なかなかねむれませんでした。朝になると、お父さんが起こしにきました。お母さんはもう……」

ママはそこで読むのをやめて、顔をあげた。携帯《けいたい》電話が鳴っている。

「せっかくいいところなのにね」ママは小声でいった。

ほんとだよ、とヤンはふくれた。まくらに頭をしずめて、ママにすぐそばで本を読んでもらうのは、すごくいい気分なのに。

「もしもし」ママは電話に出ながら、むこうをむいた。だまってうなずいている。ヤンは、本の主人公になったつもりで、つづきを想像《そうぞう》しようとした。そのとき、ママがヤンの目のまえに、携帯《けいたい》電話をさしだした。

「ヤンによ」

ヤンは耳に電話をあてていった。

「もしもし、ヤンです」

「お、おれ、ヨシュ」

それだけいうと、ヨシュはだまった。息の音だけが聞こえる。ヤンも、ことばが出てこない。そのまま、すごく長い時間がたった気がした。

やっと、ヨシュがきいてきた。

「ま、まだ、病院にいるのか？」

「うん、見ればわかるだろう」もちろん、ヨシュに見えないのはわかってるけど……。

「電話してくれて、うれしいよ」

「なんか、おれに、ききたいことはない？」

ヤンは、すこしだまった。それから、きいた。

「今、どこにいるの？」

「じぶんち。決まってるだろ」

「森の中かと思った」

ふーっとヨシュの鼻息が聞こえた。

「森にもいたし、ほかにもいろんなところに行った。だれにも見つからないような場所は、いくらだってあるからな。でも、かくれているうちに、おれ、なにやってんだろ、って思ったんだ。ヤンに電話もかけたかったし……。そうだ。母さんはもう、お届《とど》けものをしに出かけるのは、やめたんだって」さいごのほうは、ひそひそ声だった。

ヤンは、もっとくわしくききかせてもらいたくて、なにかいおうとしたけど、うまく声が出なかった。となりで、ママがささやいた。

「ヤン、まだ長い時間話すのはむりよ。電話は、またいつでもできるんだから」

ヤンはうなずいて、もうひとつだけヨシュにきいた。

「ヨシュ、ネズミばあさんは？」きいたとたん、心臓《しんぞう》がどきどきいいはじめたのがわかった。

「だいぶよくなったって。あとは、ヤンが退院《たいいん》してから話す」

おばあさんは生きてたんだ。ヤンはふうっと息をはいて、ママに電話をかえした。

ママは「ヨシュ、ありがとう、またね」といって、にっこりわらうと電話を切った。

ママがわらってるのが、ヨシュにも見えるといいのにな。

ヤンは横になって、目をとじた。五千メートル泳いだあとみたいに、息が、はあはあしている。ママの声がした。

「すこし休みなさい！」

ヤンは、へんじができなかった。ちょっと、しゃべりすぎちゃったのかな。やっぱりぼくのママだ。ぼくのことはなんでもわかってる……。

44　まちきれないよ

ヤンは、一日一日、元気をとりもどしていった。
朝から晩《ばん》までママといられるのは、うれしい。ママはときどきひとりで散歩《さんぽ》に行ったり、しずかに読書していたりすることはあるけど、それ以外《いがい》は、ママをひとりじめできる。
ママが毎日つづきを読んでくれている本、『ホダー、世界をすくう』も、もうすぐおわる。まだじぶんで本を読むのはつかれるし、ママもたのしそうだ。

ヤンは、主人公のホダーも、その友だちも、気に入っていた。みんなでとんでもないことを考えつくところなんか、さいこうだ。

おなじ病室の子たちとも、すっかりなかよくなった。夜、お母さんたちが、付きそいの人用の部屋に行ってしまってから、おそくまでこっそりおしゃべりをすることもある。そんなときは、暗い病室の中をひそひそ声だけがとびかい、ドアの下のすきまから、うっすらとろうかの明かりが見えた。

さいしょに退院《たいいん》していったのは、オーリだった。その日は、ケーキとピザでお別《わか》れ会《かい》をして、きっとまた会おうね、とみんなでやくそくしあった。オーリはヤンにいった。

「つぎは、ぼくらどっちかの家で会おうよ。でも、またここで会えるかもね。おなじときに、つぎの手術《しゅじゅつ》をうけることになればさ」

みんなの住所は、もうヤンのノートに書いてある。どんな心臓《しんぞう》の病気なのかも、ひとりひとり、くわしく教えてもらった。ぜんぶ、ヤンが知りたい、命についての話だからだ。

ときどき、なんでそうなるのか、よくわからない話もあった。オーリの場合は、まえの手術《しゅじゅつ》のあとをもう一度ひらくだけで、五時間もかかったらしい。ヤンの手術《しゅじゅつ》は、ぜんぶで十時間ですんだのに。胸《むね》が透明《とうめい》じゃなくてよかった。体の中身が見えたりしたら、きっとすごくこわい。

日がたつにつれ、だんだん、ヨシュのことを考える時間がふえてきて、そのうち、ララゾフィーや、モーリッツやレオンや、ラッセのことも思いだすようになった。

ヨシュとは、あのとき電話で一度話したきりだ。気になるけど、でも、ママのいうとおり、じぶんがもっと元気になるのが先だ。とにかく、ヨシュはぶじにもどってきたんだ。ヨシュのお母さんやほかのおとなが、ヨシュをたすけてくれているだろう。

ひとりでるす番《ばん》しなくてすむように、施設《しせつ》に入るとか、よその家の子になるとか、いろんな方法《ほうほう》があるのかもしれない。でも、ヨシュがいやがることを、むりにはさせないはずだ。

きっと、ヨシュはもうしんぱいしなくていいんだ。お母さんだって、もう「だいじなお届《とど》けもの」なんかしないっていってたんだし、はじめから、そんなものはうそだったんだから。いったい、だれになにを届《とど》けるっていうんだ。ヨシュのお母さんにほんもののすてきな恋人《こいびと》ができて、ヨシュのお父さんになってくれればいいのに……。

ヨシュに会いたいなあ、とヤンは思った。ヨシュのことを考えていると、胸《むね》がいたむ。でも、手術《しゅじゅつ》の傷《きず》のいたみとはちがう。

早くうちへ帰りたいな……。じっとママの横顔を見ていると、ママが、はっとヤンのほうをむいていった。

「どうかしたの？　だいじょうぶ？」

「なんでもない……」ヤンは口ごもり、毛布《もうふ》からうでを出して、ママとやっていたボードゲームのこまを、もう一度手にとった。

きょう、はじめてママに勝った。ママは、ほかのことを考えていて、上《うわ》の空だったみたいだけど。

家のことを考えていると、胸《むね》がどきどきしてきた。ヤンは大きく深呼吸《しんこきゅう》をしてから、こまを盤《ばん》の上にもどし、あおむけになって、頭の下で両手をくんだ。

「たのしみだなあ。もう、うちへ帰るのがまちきれないよ」

45　退院《たいいん》の日

ヤンは、わくわくする気持ちをおさえながら、病棟《びょうとう》の看護師《かんごし》さんたちに、さよならをいった。シューマン先生も、おめでとうをいってくれた。

あいさつがすむと、ヤンとママは、むかえにきてくれたパパの運転する車に乗って、病院をあとにした。

車の中には、アメリーとパウリーナからのプレゼントがあった。ヤンには、退院祝《たいいんいわ》いのハート形チョコレート。ママには花たば。

「ママがお休みをとってずっと病院にいて、ヤンのめんどうを見ていたから、おつかれさまのプレゼントだそうだよ」と、パパがいった。

ママは、「きれいねえ」とうっとり花を見ながら、ラジオのスイッチをいれた。すぐに音楽が流れだし、ママはパパと、入院中にあったいろんなことを話しはじめた。

しばらくすると、ママはヤンに、つぎのお休みにはみんなでエルバ島に行くのよ、と教えてくれた。ママは、学校の秋休み（ドイツでは十月中に一～二週間ほど、学校が休みになる。親も、子どもの休みにあわせて休暇をとることがある。）にあわせて、もう一度休暇《きゅうか》をとることにしたという。そのとき、家族ぜんいんで、二週間エルバ島に行くことに決めた。

エルバ島はイタリアにある島。もちろんヤンだって、名まえは聞いたことがある。旅行には大さんせいだった。

はじめての船の旅、ホテルの大きなプール、目のまえに広がる地中海……たのしみなことばかりだ。シュノーケルをつけてちょっともぐるだけでも、きれいな海の中を見られるだろうし、スキューバダイビングだってできるかもしれない。アメリーとパウリーナは、サーフィンをしたい、といっているらしい。

旅行までのあと三か月くらいで手術《しゅじゅつ》の傷《きず》がすっかりなおって、筋肉《きんにく》がついていたら、ぼくも、ちょっとだけサーフィンをしてみようかな。ママがいいっていったらだけど。

でも、ママにきいてみるのは、もうすこしあとにしよう。とにかく、うちに帰ってからだ。

ママとパパは、何年も会っていなかったみたいに、ときどき目をあわせては、にこにこしている。

ヤンは、まどの外に広がる草原をながめた。車で外を走るのもひさしぶりだ。とおくには丘《おか》が見える。

やがて、車は高速道路をおりて、町へ入った。胸《むね》がどきどきする。学校帰りの子たちが歩いている。スーパーのまえをとおると、階段《かいだん》をほうきではいている人が見えた。

車は、貯水池《ちょすいち》のところのカーブをまがって、ロイター通り九十七番地の、ヤンの家にとまった。

おりようとすると、ひとりでにドアがあいた。アメリーとパウリーナが、まるで、えらい人をおむかえするみたいにまっていて、外からあけてくれたのだ。

ふたりは、顔をかがやかせていった。

「やっと帰ってきた!」

「おかえり!」

こんなにうれしそうなお姉ちゃんたちは、はじめて見た。さびしくて毎日泣《な》いてたのよ、とかいいだすんじゃないかな。

ふたりはキッチンのテーブルに、焼《や》きたてのパウンドケーキまで用意していた。それに、パパとママがすきなコーヒーと、ヤンのジュースもある。

パウリーナがヤンにいった。

「机《つくえ》の上に、いいものおいといたからね」

なんのことか、きいても教えてくれないので、ヤンはじぶんの部屋へ行ってみた。

机《つくえ》の上には、ララゾフィーがおくってくれたプレゼントがのっていた。つつみをあけると、ペンと、ネコのイラストが入ったメモ帳が出てきた。いちばん上のページに、「はやく会いたいな。ララゾフィーより」と書いてあって、ハートマークもついている。

リビングにもどると、ケーキをひと切れ手にとって食べた。パウリーナは、なにもきいてこない。

ケーキをもうふた切れ食べたら、おなかがいっぱいになってしまったけど、うきうきした気分だった。こんなにうれしい気持ちは、ひさしぶりだ。それに、お姉ちゃんたちも、いつもよりやさしくしてくれる。

このしゅんかんを、カメラで写真にとるみたいに、ずっととっておけたらいいのに、とヤンは思った。

リビングのソファにすわると、こんどはヨシュのことを思いだした。ヨシュ、電話してこないかなあ……。

電話のほうを何度も見ていると、ドアがすこしあいた。ひとりでにあいたのかと思ったけど、入ってきたのは、ファニだった。ファニは、しゃなりしゃなりと歩いてそばへ来ると、ヤンの足に体をこすりつけてきた。「わたしのこと、わすれてなあい？」って、いってるのかな……。

「おいで！」ヤンはファニをだきあげ、やさしくなでてやり、つやつやしたやわらかな毛に、そっと顔をうずめた。

子ネコたちには、帰ってきてすぐに、ただいまをいった。フリッツィ、フランツ、フロレンティーナ、ペッピーナ、ノリーナ。五ひきとも大きくなって、家じゅうを元気に走りまわったり、じゃれあったり、うとうとねむったりしている。

もうすぐ、よそへもらわれていくんだな……。

フリッツィだけ家にのこそう、とさっきみんなで決めたのだ。

ヤンは、ため息をついた。きょうは、子ネコのことは考えないようにしよう。まず、ヨシュと話さなきゃ。

ヨシュから電話が来ると思ってたけど、かかってこない。

ヤンはとうとうまちきれなくなり、受話器《じゅわき》をとった。番号は、おぼえている。ボタンをおしてよびだし音が鳴ると、すぐにヨシュが出た。

ヤンの声を聞くとヨシュは、いった。

「や、やっと帰ってきたのか。おかえり」

ヤンは返事もせずに、ヨシュをさそった。「うちに来ない？」

「今から？」

「とうぜん」

それから十五分ほどして、ヨシュがやってきた。ヤンがげんかんのドアをあけると、ヨシュは、はあはあ息を切らしながらいった。

「ま、まだ、か、顔が、青いな」

「ヨシュは、まっ赤だね」

ヨシュはズボンのポケットに手をいれると、うずまき形のグミをふたつとりだして、ひとつをヤンにくれた。

いっしょに二階へあがり、ヤンの部屋に入ると、ヨシュはヤンのほうをむいていった。

「見せて」

ヤンはグミを口の中におしこんで、くちゃくちゃかみながら、シャツをめくりあげた。

胸《むね》の傷《きず》あとを見たヨシュは、小さくヒュウと口笛を鳴らしてから、「うおおおお」といっておどろいた。

ヤンは、シャツをおろした。なかなかグミがのみこめない。

「……つぎは、ヨシュの番だよ。話を聞かせて」

「なんの？」

「どこに、どうやってかくれてたのかとか、いろいろ、ぜんぶ。みんな、ヨシュのいうことを信《しん》じてくれた？　アキやフィルや、ネズミばあさん、それにお母さんは、どうしてるの？」

ヨシュは、あまり話したくなさそうなようすで、「ヤンはずっといなかったからなあ……。もう一個《こ》、いる？」というと、ポケットから、もうひとつグミを出した。

ヤンは手で、いらない、とことわった。

ふたりはならんで床《ゆか》にすわり、しばらくなにもいわずに、かべによりかかっていた。ヤンは、ヨシュがなにも教えてくれないんじゃないかとしんぱいになってきた。ヨシュはほんとうに話したくないのかもしれない。いろんな人にあれこれきかれて、うんざりしてるのかな……。

そのとき、ヨシュが口をひらいた。

「もし、ヤンがいなかったら……」

ヤンは、ヨシュのしゃべりかたが、いつもとちょっとちがうような気がした。でも、それがなんなのか、すぐにはわからなかった。

「そしたら、おれは、ずーっと森の中の小屋とかにいたかもしれない。か、かくれるのは、とくいだからな。ぜったい、だれにも見つからなかったと思うんだ」ヨシュは、にっとわらった。

「でも、食べものはどうするの？」

「気持ちわるいと思わなければ、食べられるものは、いくらだってある」

ヤンは、ごくりとつばをのみこんだ。気持ちわるいものって、なんだろう……？

ヨシュは、ヤンのほうを見ないで、つづけた。

「あのときは、もう使われていない古い工場にもかくれた。ヤンの手術《しゅじゅつ》の日の夜は、屋根の上にのぼって、星を見ながら、ヤンのことを考えた。胸《むね》をひらいてるところかも、想像《そうぞう》した。ヤンはたいへんな手術《しゅじゅつ》をうけてるんだから、おれも、ち、ちゃんと、起きてなくちゃ、って思って。

でも、そのあと、手術《しゅじゅつ》がうまくいったか知りたかったし、ネズミばあさんのことも気になった。母さんも、しんぱいしてるだろうし、こうやってにげてるだけじゃ、なんにも解決《かいけつ》しないって思ったんだ」

ヤンは、ひざをかかえて、うしろのかべに頭をつけた。手術《しゅじゅつ》のことはすっかりわすれて、ヨシュの話を聞いていた。ヨシュが先をつづけた。

「だから、うちに帰ったんだ。母さんはおれを見ると、わああ泣《な》いた。ぜんぜん泣《な》きやまないんだ。母さんにはあんたしかいないんだよ、この世でいちばんたいせつなんだよ、これからはもっといいお母さんになるからね、っていってた。も、もう、『お届《とど》けもの』はどうでもよくなったみたい」

「じゃあ、お母さんは、もうヨシュをおいてどこかへ行ったりしないんだね？　ヨシュがよその家の子になっちゃうなんてことも、ないんだね」

なんとなく、ヨシュはまえより堂々《どうどう》として見えた。ヤンは安心して、ふうっと息をはいた。

そのとき、ヨシュがきゅうに胸《むね》をはっていった。

「警察《けいさつ》まで、おれをさがしてたんだ。すごいだろ」

「ぼくが麻酔《ますい》でねむっていたあいだに、そんなことになってたの？」ヤンは、おどろいて、ヨシュを見つめた。ヨシュはとくいそうにつづけた。

「ヤンもいっぺん、おれのまねして、かくれてみろよ」

「できっこないよ」とヤン。

「おれのことは、だれもうたがってなかった。警察《けいさつ》は、アキとフィルとか、ネズミばあさんとか、いろんな人に話をきいてまわったんだって」

「それで？」心臓《しんぞう》が、きゅうにどきどきいいだした。

ヨシュは、ふかく息をすいこんで、しずかにつづけた。

「あれは事故《じこ》で、フィルもアキも、ばあさんにけがをさせるつもりはなかったようだって、警察《けいさつ》はいってる。先にネズミばあさんがわめきちらしたから、フィルたちは、ナイフでちょっとおどかしたんだって。そうしたら、ばあさんがもっとおこって、ふたりにつかみかかってきて、そのとき、ナイフがあたっちゃったんだ」

「それって、ほんとうだと思う？」

ヨシュはいっしゅん、だまった。それから、小さな声でいった。

「ネズミばあさんも、そういったらしいから」

「でも、あのおばあさんは、頭がどうかしてるんだよ」

「ちゃんとしてるときも、あるんだろ、たぶん。アキとフィルは、警察《けいさつ》でもずいぶんおこられたらしいぞ。ナイフをふりまわしたんだし、それに、しょっちゅうほかの子をおどしてたこともわかったから」

ヤンの胸《むね》がちくっとして、どきん、と大きく鳴った。

「フィルもアキも、もう、おれたちになにもしないと思う。もし、つぎにおなじことをしたら、おこられるくらいじゃすまないからな。あいつらだって、そんなのいやだろうし」

ヨシュはそういって、まず右足を、それから左足をのばして、ズボンのポケットから、こんどはクマの形のグミを二つとりだした。

「さいごの二個《こ》。ヤンのために、とっといた」

ヤンは、ぺしゃんこになった黄色のクマをつまみあげた。糸くずがついている。こういうところは、まえとおなじヨシュだ。だけど、ヨシュも、ヤンも、まえとはちがっている。

ふたりはかべによりかかって、また、すこしのあいだ、だまった。

ヤンが知りたかったことは、もう、ぜんぶ話してもらった気がした。

そのあとは、ヨシュのほうがヤンに、すこしだけ質問《しつもん》をした。

「となりのベッドの子は、なんて名まえだった？　麻酔《ますい》でねむってるあいだ、夢《ゆめ》は見た？　ほんとうに、集中治療室《ちりょうしつ》なんて名まえのところにいたのか？」

「もちろん」

ヤンは、集中治療室《ちりょうしつ》では、血液《けつえき》を体におくりこむための管《くだ》をつけられていたことや、いろんな器械《きかい》のことを話した。手術《しゅじゅつ》について説明《せつめい》してもらったとき、どれがどんな器械《きかい》かおぼえておいたのだ。それから、こうつけくわえた。

「でも、手術中《しゅじゅつちゅう》や、おわったあとは、器械《きかい》は見てないよ。二日間、人工呼吸《こきゅう》だったんだ」

ヨシュはなにもいわずに、ヤンの顔を見つめている。

ヤンは立ちあがって、CD《シーディー》をかけた。またすわって、ふたりで音楽を聞いていると、ノックの音がして、ママが顔を出した。

「だいじょうぶ?」

「へいきだよ」ヤンはこたえた。

ママはちょっと首をかしげて、にっこりわらった。それから、きゅうにまじめな顔になった。

「まだむりしちゃだめよ、ヤン。つかれやすいんだから」そして、ちらっとヨシュの顔を見た。

ヤンが、へいきだってば、といおうとしたとき、ヨシュが立ちあがった。

「おれ、もう帰らないと。こんなにしゃべったの、う、生まれてはじめてだ。きょうで会えなくなるってわけじゃないし」ヨシュは、あわてて立ったヤンをひじでつついて、にっとわらった。

「ありがとうね、ヨシュ」とママがいった。

「おれは、べつに……」とヨシュ。

ママがヨシュの肩《かた》にそっと手をおいて、ふたりで部屋を出ていこうとしたとき、ドアのところでヨシュがふりむいた。

「が、学校には、いつから来るんだ？」

「あと何日かしたら。ほんとは、あしたからでも行きたいけど」

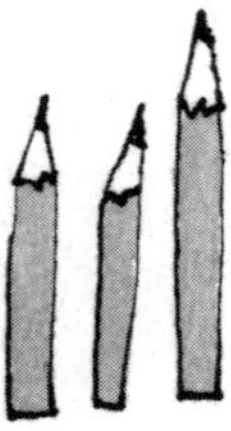

46　ひさしぶりの学校

赤いワンピースが、ぱっと目にとびこんできた。ララゾフィーだ。よくにあっている。でもヤンは、すぐにほかの子たちにかこまれてしまって、ララゾフィーのそばへ行けなかった。

みんなは、ヤンが入院まえとおなじ人間かどうかたしかめるみたいに、おそるおそる肩《かた》をたたいてきたりした。

そうだよ、ぼくはヤンだよ。まえとおなじ人間。ただ、ちょっぴり生まれかわったような気分だけど。

ラッセも、うれしそうにいった。

「やっと、もどってきたのか」めずらしく、いじわるなことをいってこない。

「うん」ヤンもにっこりした。

あたりを見まわして、ヨシュをさがした。でも、そのあいだにも、モーリッツや、レオン、モナ、メリーナが、つぎつぎにいろんなことをきいてくる。

いつのまにか、ララゾフィーも、ヤンの話をそばで聞いていた。ヤンはちょっとどきどきした。

教室にむかって階段《かいだん》をのぼっているときも、ヨシュはいなかった。ララゾフィーがとなりに来て、いっしょに階段《かいだん》をのぼりながら話しかけてきた。

「ヤンの分の宿題、あずかってるからね。たくさんあるよ。あたし、ヤンがいないあいだ、いっしょうけんめい勉強したから、もう、じぶんでできると思う」

「分数の割《わ》り算とかも？」

ララゾフィーはうなずいた。

……もう、算数の特訓《とっくん》は、いらないんだ。ちょっと、がっかりかも……。

横目でちらっと見ると、ララゾフィーはこまったような顔になり、きいた。

「だけど、ヤンがひまなとき、ためしに問題を出してみてくれない？」

「あしたはどう？」ヤンはじぶんでそういいながら、おどろいた。ちょっと、あわてすぎかな。

でも、ララゾフィーはすぐに「じゃあ三時に！」といった。

ふたりはいそいで席《せき》についた。ラウ先生の授業《じゅぎょう》は、いつも、時間ぴったりにはじまる。ヨシュだけが、まだ来ていない。

ラウ先生は教室に入ってくると、ヤンの席《せき》にやってきて、あくしゅをしながらいった。

「ヤンがいないあいだ、みんな、さびしかったんだよ。すこし話を聞かせてくれないかな？」

ヤンは、小児病棟《しょうにびょうとう》のことをいろいろ話した。シューマン先生の手術用《しゅじゅつよう》のメガネをかけると、なんでもすごく大きく見えることまで、みんなに説明《せつめい》した。

「……いまは、これくらいしか思いだせません」さいごにそういって、ヤンは肩《かた》をすくめた。

ラウ先生はうなずいてから、こんどはみんなにきいた。

「ヤンに、話したいことがある人は？」

何人もが、いっせいにしゃべりだした。いないあいだに、いろんなことがあったのだ。たいてい、もう知っていることだったけれど、もう一度聞くのは、いやじゃなかった。

とくにヨシュのことは、もっと知りたいくらいだ。

ずっとどこへ行ったかわからなくて、警察《けいさつ》の人たちまで、ひっしになってさがしていたこと。みんなヨシュをしんぱいしていたから、もどってきたときには、すごくよろこんだこと。

だれかがいった。

「ヨシュは、さいしょはかくれてたけど、じぶんから出てきたんだよ。わるいことは、なにもしてなかったから」

「ネズミばあさんは、とうげをこえたって」

「ネズミばあさん？」ラウ先生がききかえすと、みんながつぎつぎにいいなおした。

「あ、ブロートさん」

「カルラ・ブロートさんだった」

「でもさ、へんなおばあさんだよね」

「だけど、それにはわけがあるのよ」

だまって聞いていたラウ先生がいった。

「そうだね。じぶんがなんでも知っていると思ってはいけない。ほかの人の事情《じじょう》は、かんたんにはわからないものなんだよ。アキとフィルのことだって、おなじだ」

するど、みんなが「でも——」といいだした。

「あいつらは、ひどいよな。ナイフでおどかすなんて。それだけでも、わるいことじゃん」

「おどかされたから、ブロートさんも、さわぎだしちゃったのよね」

「アキとフィルは、ブロートさんがあばれるところが見たかったんだ。いじわるするのが、すきなだけさ。そんなことしか、考えつかないんだよ」ヤンもいった。

「わるいことなのにね」

いつのまにか、ちょっぴりむずかしい話になっていた。よわい人は守ってあげなくちゃとか、くさいというだけで人をばかにしてはいけない、たすけあいがたいせつなんだとか……。

そのとき、教室のドアがしずかにあいて、ヨシュが入ってきた。はあはあ息を切らしている。

「お、おれも、母さんも、ね、寝《ね》ぼうしちゃって。もう、あしたからは、ぜ、ぜったいに、ちこくしません」

教室はしんとなった。ばかにしたりする子はひとりもいない。

ヨシュは肩《かた》で息をしながら、ちょっとおどろいた顔をして、なにかいいかけたけど、やめた。ラウ先生が声をかけた。

「ヨシュ、はやくじぶんの席《せき》にすわりなさい」

ヨシュの席《せき》は、ヤンのとなりになっていた。先週、ラッセに席《せき》をかわってもらったという。

となりにヨシュが来ると、ヤンはうれしくて、ヨシュにささやいた。

「また、おなかがいたいのかと思った」

ヨシュは、ちぇっ、と舌打《したう》ちして、てれくさそうにわらうと、肩《かた》をすくめていった。

「その手は、もう使えない。おれと母さんが、ちゃんとくらしてるかどうか、しょっちゅう、うちに見にくる人がいるんだ」

「それで？」

「もちろん、だいじょうぶだよ。しんぱいすんなって」

ヤンはほっとして、大きく深呼吸《しんこきゅう》をした。

国語の授業《じゅぎょう》がはじまった。主語、目的語《もくてきご》……退院《たいいん》してからママとしっかり予習したところだ。三週間も休んでいたのだから、おくれをとりもどすのはたいへんだろうけど、がんばって勉強してきたのだ。

体育の時間だけは、見学した。まだ、はげしい運動はできない。でも、もうすこしのしんぼうだ。すぐに、みんなといっしょに運動できるようになる。ヤンは、今の体でできること、できないことを、ちゃんとわかっている。何度も手術《しゅじゅつ》をしたことがあるのだから。

先生が出した宿題は、いつもどおりノートに書きとった。

授業《じゅぎょう》がぜんぶおわったころには、すっかりくたくたになっていた。

でも、あとはバスに乗って帰るだけ。うちに帰れば、ソファで休める。ファニもいるし、ノリーナも、フロレンティーナも、ペッピーナにフリッツィにフランツも、まっている。

ヤンは家に帰ると、さっそくソファに寝《ね》ころがった。ファニや子ネコたちは、ヤンのおなかに乗ったり、あたりを走りまわったりしていた。

そのうちに、テニスボールをころがして追いかけ、うばいあいをはじめたのを見て、ヤンは声をあげてわらった。

こうしていると、まえとなんにもかわってない気がする……。でも、いろんなことが、かわったのだ。

47　ずっといっしょ

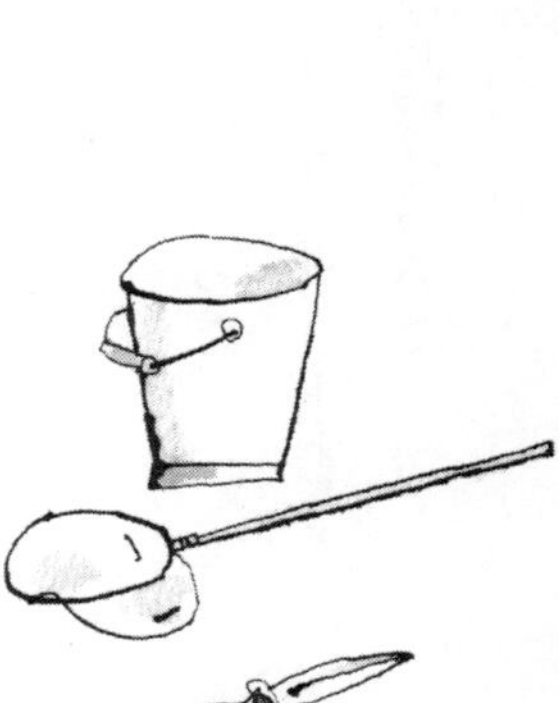

ヤンは、すっかり元気になって、外にあそびにいけるようになった。毎日のように、午後はヨシュと川や原っぱであそんだり、バスケをしたりした。
何度か、アキとフィルを見かけたこともあったけれど、道ですれちがっても、ふた

りはちらっとヤンたちを見るだけで、近よってきておどしたり、いじめたりすることはなかった。

もっとも、ヤンだって、まえよりつよくなっていた。リハビリで、筋肉《きんにく》もついたし、たったひとりで森に何日もかくれていた、たのもしい友だちだって、ついている。ナイフは、今もヤンの部屋にある。でも、がらくた箱にしまったまま、さわっていない。あのナイフはどこへやった？　ときいてくる人もいなかった。

そんなある日、広場へ行くと、ネズミばあさん……カルラ・ブロートさんがいた。退院してたんだ。ヤンはぎくりとして、ヨシュをひじでつついた。

「またいるよ」

「うん、そうみたいだな」

白髪《しらが》だらけのぼさぼさ頭は、まえとかわらない。一度もブラシでとかしたことがないんだろう。はでな緑色のズボンだって、まえとおなじようによごれている。上着もぼろぼろで、穴《あな》だらけだ。

ブロートさんが、こっちへ近づいてくる。ヤンはにげたりせず、じっとブロートさんを見ていた。ブロートさんがいった。

「永遠なる神よ、アーメン……。ぼうやたち、今、何時だい？」

ヤンが腕時計《うでどけい》をたしかめていると、となりでヨシュがこたえた。

「四時十七分だよ」

ブロートさんは、まずヤンを見てから、ヨシュの顔をぐっとにらみつけた。

「わかってるだろうね。あたしをおいてけぼりにしたら、ゆるさないよ」

「はい」ヤンは、小さくこたえた。

「おれたちは、いつもここにいるよ」ヨシュもいった。

「うそついたら、しょうちしないからね」ブロートさんは、くるりとまわれ右をすると、ぶつぶついいながら、足をひきずって、行ってしまった。

ヤンはほっとして、ヨシュにいった。

「行こう。ヨシュんちによって、すくい網《あみ》をとってから、川に行こうよ」

ふたりは、高層団地《こうそうだんち》にむかって、ゆっくりと歩いた。とちゅうで、へいの上にすわって、ひと休みしたときヨシュが、生きたアリを食べてみせた。

「ヤンも、一ぴき食べてみない？」ヨシュがきいた。

ヤンは、あわてててへいからとびおりた。

「ありがとう。でも、お昼ごはんでおなかがいっぱいなんだ。おやつだったらまだ入るけどね」

ヨシュのうちへ行くと、お母さんがクッキーとジュースを出してくれた。お母さんはいった。

「このジュースはね、とっても体にいいんだよ。レモネードやコーラとちがって、太らないしね」

それからお母さんは、ヨシュとヤンの顔を見くらべて、つづけた。

「ヨシュには、こんなにいいお手本がそばにいるのにねえ。まったく、太っていくばっかりで……。よく見て、ちょっとは見習ったらどう?」

ヨシュはすくい網《あみ》をふりまわし、お母さんを追いはらうまねをしていった。

「ちゃんとヤンを見習ってるよ。おれたち、ずーっといっしょなんだから、いいんだって。足して二で割《わ》れば、ちょうどいいだろ。やりたいことが山ほどあるんだ。いつか、ふたりで有名になって、大金持ちになるかも」

すると、お母さんは、ちょっと泣《な》きそうな顔になった。

「そうだね。これから、ふたりとも、もっともっと、たくさんいいことがあるといいね」

ヤンははやく川へ行きたくて、うずうずしていた。

それにしても、ヨシュが施設《しせつ》へ行ったり、よその家の子になったりしなくて、ほんとによかった、と思った。

お母さんも、そんなことはしたくなかったはずだ。家の中は、まえよりずっときれいにしてあった。やっぱりお母さんは、ヨシュとくらすのがしあわせなんだ。

もしかすると、うその「お届《とど》けもの」をするのに、お母さんもうんざりしていたのかも。だから、ヨシュが帰ってきてからは、いっしょにいられるように、ちゃんとそうじもして、がんばっているのかもしれない。

お母さんもヨシュも、おたがいが大すきだってことに、気がついたんだろうな。ヨシュは、お母さんのためなら、なんだってする。そんなヨシュが、じぶんにとってどんなにたいせつか、お母さんにも、やっとわかったんだ。

ヨシュが、ヤンの手をひっぱった。「さあ、川がおれたちをまってる！」ヨシュはげんかんを出るとき、ふりむいてお母さんにさけんだ。「六時には帰ってくるよ。まってて！　いっぱいえものをとってくるから」

48　子ネコの旅立ち

ヤンはくちびるをかんで、ひっしに涙《なみだ》をこらえていた。目のまえに、ペッピーナをだきかかえたララゾフィーが立っている。

いちばんにもらわれていくことになったペッピーナに、さよならをいわなくちゃ。これっきりってわけじゃない。会いたくなったら、いつだって会えるんだ。

「いつでも、ペッピーナに会いにきてね」ララゾフィーはヤンにいうと、ペッピーナのふわふわの手にキスをした。

ヤンはうなずいて、ズボンのポケットに手をつっこみ、「そのうちね」とこたえた。

ペッピーナがいなくなるのはさみしいけど、かわいがってもらえるのはうれしい。

ララゾフィーはペッピーナをかごにいれると、顔をあげていった。

「じゃあ、またね、ヤン」

ララゾフィーがこっちを見たけど、ヤンは泣《な》きそうになって、目をそらしてしまった。かなしいけど、うれしい。どっちもほんとの気持ちだ。

アメリーとパウリーナも、階段《かいだん》の上から、ララゾフィーのかごの中を見つめていた。これから、ペッピーナの新しい毎日がはじまるのだ。

ララゾフィーが出ていって、げんかんのドアがしまると、みんな泣《な》いて、鼻をすりだした。ママも泣《な》いている。ママは大きなため息をついて、いった。

「あとの子ネコたちのときも、毎回、こんなにさびしい思いをしなくちゃいけないのかしら……」

それから、みんなで子ネコたちのところへとんでいって、ノリーナとフロレンティーナをだきしめたり、フリッツィとフランツをなでまわしたりした。

「よかった。フリッツィだけでも、ずっとうちで飼《か》えるんだから。もちろん、おまえもだよ、ファニ」とヤン。

晩《ばん》ごはんのとき、アメリーがいった。

「いつかはあたしも、この家を出ていくわよ。広い世界を見てやるの！」

パウリーナも、まけずにいった。

「あたしだって！　でも、しんぱいしないで。せんたくものを山ほど持って、しょっちゅう帰ってくるから！」

ヤンにも、ヨシュといっしょにやりたいことがたくさんある。ララゾフィーともだ。三人いっしょにあそぶのも、いいな……。でも、今すぐってわけじゃない。今は、こんなふうに家族ぜんいんでテーブルをかこんでいるのが、いちばんいいや。

すごくしあわせな気分だったけど、いつまでもテーブルについているわけにはいかない。ヤンは洗面所《せんめんじょ》で歯をみがき、ベッドにもぐりこんで、毛布《もうふ》をあごまでひっぱりあげた。横をむいてまるくなると、足がやわらかいものにふれた。

あれ……？

ヤンとおなじように、毛布《もうふ》の中でまるまっているものがいる。あったかい。さては、ここで寝《ね》ようとしてたな……。

「ファニ」ヤンは小声でよびかけながら起きあがり、ファニを足もとからだきあげた。それから、のどのあたりをやさしくなでてやった。ファニは、のどをなでてもらうのが大すきだ。

目を半分とじて、のどをゴロゴロ鳴らしてよろこんでいる。ヤンのうでの中で、すっかり安心しているみたいだ。

ファニを見つけた日から、どれくらいたったんだろう。ちっちゃくて、けがをして、ぷるぷるふるえて、死にそうだったファニ……。

「ファニ……」ヤンはまた小声でよんで、しばらくファニをだきしめていた。やがて、ファニはするりとうでをぬけだすと、ドアのほうへ歩きだした。一度だけ、こっちをふりかえってヤンをじいっと見たけど、ろうかへ出て、子ネコたちのところへ帰っていった。

もう、ペッピーナはいない。きょう、ララゾフィーのうちへ行ってしまった。

ヤンは明かりを消して、毛布《もうふ》をかぶった。でも、またすぐにつけて、ベッドから出ると、ひきだしからノートとペンをとりだして、こんなふうに書いた。


「いつもたのしいことばかりとはかぎらない。でも、生きていると、すばらしいこともたくさんある。いのちってすごい。ぼくは自然《しぜん》や動物が大すきだ」

ノートとペンをしまって、ベッドでまるくなると、ろうかから、いつもの足音が聞こえてきた。こっちへ近づいてくる……。おやすみをいいに……。

ヤンは、やさしい足音を聞きながら、もうねむりに落ちていた。

日本の読者のみなさんへ

ヤンとヨシュというふたりの男の子が、さいしょにわたしの頭にうかんだとき、わたしはすぐにふたりのことが大すきになりました。

もしかすると、ふたりとも偉大《いだい》なヒーローではないからかもしれません。ヤンもヨシュも、悩《なや》みがあるし、けんかをすることだってあります。でも、おたがいにわかりあえる親友です。

今回、ヤンとヨシュが、日本のみなさんのところまで、出かけていくことになりました。わたしにとって、こんなにうれしいことはありません。

この作品を書いているあいだ、わたしは、ヤンとヨシュといっしょにすごしているような気分でしたが、それはほんとうにしあわせな体験《たいけん》でした。
みなさんも、わたしのように、ふたりといっしょに泣《な》いたりわらったりしながらたのしんでくれることを、心からねがっています。

ジーグリット・ツェーフェルト

訳者《やくしゃ》あとがき

ヤンとヨシュは、保育園《ほいくえん》のころからの親友です。生まれつき心臓《しんぞう》の病気をかかえて、手術《しゅじゅつ》をくりかえしているヤンにとって、ヨシュはだれよりも気のあう、心づよい味方《みかた》。いっぽう、クラスで「デブ」とからかわれたり、しょっちゅうひとりぼっちでるす番したりしているヨシュの気持ちを、いちばんよくわかっているのは、ヤンです。

あるとき、いつもあそんでいる川で見つけたナイフのせいで、ヨシュがたいへんなことにまきこまれてしまいました。なんとか力になりたいと思うヤンは、じぶんの手術《しゅじゅつ》よりも、ヨシュのことが気になってしかたがないのですが……。

この物語を書いたジーグリット・ツェーフェルトは、一九六〇年にドイツのアーヘンという町で生まれました。たいせつな人の死や、いじめなど、つらいできごとをけんめいに乗りこえようとする子どもの気持ちをていねいにつづった作品で知られ、二〇〇六年には、すぐれた子どもの本を書いたドイツ語圏《ごけん》の作家におくられるフリードリヒ・ベーデッカー賞《しょう》も受賞《じゅしょう》している実力派《じつりょくは》です。

この『ぼくとヨシュと水色の空』でも、ふたりの少年の細やかな心情《しんじょう》や家族のあたたかさ、ネコの愛《あい》らしさや緑豊《ゆた》かなドイツの風景《ふうけい》などを、独特《どくとく》の文体で生き生きと描《えが》いています。

ここですこし、物語の中に出てくるドイツの学校事情《じじょう》についてお話ししておきましょう。

ヤンのクラスメートの女の子ララゾフィーは、じぶんが落第《らくだい》しそうだとしんぱいしていますが、じっさいにドイツでは、小学校でも、もう一度おなじ学年をくりかえすことがあります。これは、できない子を罰《ばっ》するためではなく、むりなくじぶんのレベルにあった学習ができるようにするためで、逆《ぎゃく》に、「飛《と》び級《きゅう》」で、はやく上の学年に進む子もいます。

また、ほとんどの小学校では、八時には授業《じゅぎょう》がはじまって、二時間目のあと、二十分の長い休み時間があり、一時ごろには授業《じゅぎょう》がおわってしまいます。ですから、子どもたちは家でお昼ごはんを食べてから、友だちとあそんだりスポーツ施設《しせつ》で運動したりして、ゆったりと午後の時間をすごすことができるのです。

さいきんはドイツでも学力の低下《ていか》が問題になっていて、もっと授業《じゅぎょう》時間をふやすべきだという声もあるようですが、ヤンとヨシュのように、自然《しぜん》の中でのびのびとあそんだり、草原でのんびり寝《ね》ころがったりできることのほうがたいせつなのでは、という気がします。

さいごに、川面《かわも》を吹《ふ》きぬける風のような、さわやかな表紙を描《か》いてくださったたきたむらさとしさんと、さいごまで訳者《やくしゃ》に的確《てきかく》な助言を与《あた》えつづけてくれた徳間書店《とくましょてん》の田代翠《たしろみどり》さんに、心から感謝《かんしゃ》申しあげます。

はたさわゆうこ

二〇一二年十月

【訳者】

はたさわゆうこ（畑澤裕子）

1992年上智大学大学院文学部ドイツ文学科博士後期課程修了。現在、大学でドイツ語担当非常勤講師を務める。訳書に、児童文学『ウサギのトトのたからもの』『小さいおばけ』『小さい水の精』『大きなウサギを送るには』「ひみつたんていダイアリー」シリーズ（以上徳間書店）、絵本『あおバスくん』（フレーベル館）『うさぎ小学校』（徳間書店）などがある。

【ぼくとヨシュと水色の空】
JAN UND JOSH
ジーグリット・ツェーフェルト作
はたさわゆうこ訳 Translation © 2012 Yuko Hatasawa
288p、19cm NDC943

ぼくとヨシュと水色の空
2012年11月30日 初版発行

訳者：はたさわゆうこ
装丁：木下容美子
フォーマット：前田浩志・横濱順美

発行人：岩渕 徹
発行所：株式会社 徳間書店
〒105-8055 東京都港区芝大門2-2-1
Tel.(048)451-5960（販売） (03)5403-4347（児童書編集） 振替00140-0-44392番
印刷：日経印刷株式会社
製本：大口製本印刷株式会社
Published by TOKUMA SHOTEN PUBLISHING CO., LTD., Tokyo, Japan. Printed in Japan.
徳間書店の子どもの本のホームページ http://www.tokuma.co.jp/kodomonohon/

ISBN978-4-19-863518-3

弟の戦争
原田 勝訳

人の気持ちを読みとる不思議な力を持ち、弱いものを見ると
助けずにはいられない、そんな心の優しい弟が、突然、「自分は
イラク軍の少年兵だ」と言い出した。湾岸戦争が始まった夏のことだった…。
人と人の心の絆の不思議さが胸に迫る話題作。

かかし　カーネギー賞受賞
金原瑞人訳

継父の家で夏を過ごすことになった13歳のサイモンは、死んだパパを
忘れられず、継父や母への憎悪をつのらせるうちに、かつて忌まわしい
事件があった水車小屋に巣食う「邪悪なもの」を目覚めさせてしまい…?
少年の孤独な心理と、心の危機を生き抜く姿を描く、迫力ある物語。

禁じられた約束
野沢佳織訳

初めての恋に夢中になり、いつも太陽が輝いている気がした日々。
「わたしが迷子になったら、必ず見つけてね」と、彼女が頼んだとき、
もちろんぼくは、そうする、と約束した…でもそれは、決して、してはならない
約束だった…。せつなく、恐ろしく、忘れがたい初恋の物語。

青春のオフサイド
小野寺 健訳

ぼくは17歳の高校生、エマはぼくの先生だった。ぼくは勉強やラグビーに忙しく、
ガールフレンドもでき、エマはエマで、ほかの先生と交際しているという噂だった。
それなのに、ぼくたちは恋に落ちた。ほかに何も、目に入らなくなった…。
深く心をゆさぶられる、青春小説の決定版。

クリスマスの幽霊
坂崎麻子・光野多恵子訳

父さんが働く工場には、事故が起きる前に幽霊が現れる、といううわさがあった。
クリスマス・イヴに、父さんに弁当を届けに行ったぼくは、
不思議なものを見たが…? クリスマスに起きた小さな「奇跡」の物語。
作者ウェストールの、少年時代の回想記を併録。

ウェストールコレクション

WESTALL COLLECTION

イギリス児童文学の巨匠ウェストールの代表作がここで読める！

ロバート・ウェストール　ROBERT WESTALL
1929～1993。自分が子ども時代に経験した戦争を、息子のために描き、作家となる。
戦争文学と「怖い物語」の分野では、特に高く評価されている。
『“機関銃要塞”の少年たち』（評論社）と『かかし』で二度のカーネギー賞など受賞多数。

海辺の王国　ガーディアン賞受賞
坂崎麻子訳

1942年夏。空襲で家と家族を失った12歳の少年ハリーは、
イギリスの北の海辺を犬と共に歩いていた。
さまざまな出会いをくぐり抜けるうちに、ハリーが見出した心の王国とは…？
「児童文学の古典となる本」と評された晩年の代表作。

猫の帰還　スマーティー賞受賞
坂崎麻子訳

出征した主人を追って、戦禍のイギリスを旅してゆく黒猫。
戦争によってゆがめられた人々の生活、絶望やくじけぬ勇気が、
猫の旅によってあざやかに浮き彫りになる。厳しい現実を描きつつも
人間性への信頼を失わない、感動的な物語。

クリスマスの猫
ジョン・ロレンス絵　坂崎麻子訳

1934年のクリスマス。おじさんの家にあずけられた11歳の
キャロラインの友だちは、身重の猫と、街の少年ボビーだけ。
二人は力をあわせ、性悪《しょうわる》な家政婦から猫を守ろうとするが…。
気の強い女の子と貧しいけれど誇り高い男の子の、「本物」のクリスマス物語。

時空を元気よく駆け抜ける子どもたち

時の町の伝説

田中薫子 訳／佐竹美保 絵

歴史の流れから切り離されて存在する別世界〈時の町〉に、人ちがいでさらわれた11歳のヴィヴィアン。風変わりな少年たちとともに二十世紀へ戻ると、すでにそこは…？

アンドロイドに幽霊、〈時の門〉…

不思議いっぱいの町と、さまざまな時代を行き来して華々しく展開する異色作。

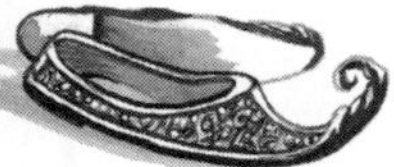

英国の霧にかすむ湿原に脈うつ呪いとは？

呪われた首環《くびわ》の物語

野口絵美 訳／佐竹美保 絵

同じ湿原に暮らす〈人間〉と〈巨人〉、水に棲《す》む〈ドリグ〉。怖れ、憎みあっていた三種族の運命が、ひとつの呪われた首環をめぐって一つにあざなわれ、〈人間〉の長《おさ》の後継ぎゲイアは、巨人の少年と友だちになるが…？　妖精伝説・巨人伝説に取材した、独特の雰囲気ある物語。

魔法使いマーリンの恐るべき罠！

花の魔法、白のドラゴン

田中薫子 訳／佐竹美保 絵

魔法に満ちた世界〈ブレスト〉に住む、宮廷付き魔法使いの娘ロディは、国中の魔法を司る「マーリン」が陰謀を企てていることに気づいてしまう。一方、〈地球〉に住む少年ニックはある日、異世界に足を踏み入れ、ロディと出会うが…？　冥界《めいかい》の王、燃えあがるサラマンダー、古《いにしえ》の魔法に伝説の竜《ドラゴン》…多元世界を舞台に二つの視点から描かれた、波乱万丈のファンタジー巨編！